倡导诗意健康人生
为诗的纯粹而努力

阎　志

主　编

词语里的人

中国诗歌

【第 81 卷】

2016 **9**

主　　编：阎　志
常务副主编：谢克强
副 主 编：邹建军

编　委（以姓氏笔画为序）：
　　田　禾　叶延滨　李　瑛
　　祁　人　吴思敬　杨　克
　　张清华　邹建军　陆　健
　　林　莽　路　也　阎　志
　　屠　岸　谢　冕　谢克强

发稿编辑：刘　蔚　熊　曼　朱　妍
　　　　　李亚飞
美术编辑：叶芹云

编辑：《中国诗歌》编辑部
地址：武汉市盘龙城经济开发区
　　　第一企业社区卓尔大厦
邮编：430312
电话：（027）61882316
传真：（027）61882316
投稿信箱：zallsg@163.com

目　录　CONTENTS

图书在版编目(CIP)数据

词语里的人 / 梁雪波等著.–北京：人民文学出版社，
2016（中国诗歌 / 阎志主编）

ISBN 978-7-02-012073-4

Ⅰ.①词… Ⅱ.①梁… Ⅲ.①诗集 – 中国 – 当代
②诗歌 – 评论 – 中国 – 当代 – 文集 Ⅳ.① I 227 ②I
207.22-53

中国版本图书馆 CIP 数据核字（2016）第 234840 号

封三封底——《诗书画》·**李先锋**书画作品选

本期插图选自 Twachtman, John Henry 作品

责任编辑：王清平

装帧设计：海 岛

责任校对：王清平

人民文学出版社有限公司出版

http://www.rw-cn.com

北京市朝内大街 166 号　邮编：100705

武钢实业印刷总厂印刷　新华书店经销

字数 210 千字　开本 850×1168 毫米 1/16　印张 9.75

2016 年 9 月北京第 1 版　2016 年 9 月第 1 次印刷

ISBN 978-7-02-012073-4

定价 10.00 元

如有印装质量问题，请与本社图书销售中心调换。电话:01065233595

LIANG XUE BO 梁雪波

1973年生。现居南京。1990年开始写诗并发表作品。曾组建民间诗歌社团。作品散见于《诗刊》、《诗歌月刊》、《扬子江诗刊》、《中国诗歌》、《诗江南》、《山花》等，并被收入多种诗歌选本。出版诗集《午夜的断刀》。获江苏青年诗人双年奖、金陵文学奖等奖项。

词语里的人

·组诗·

□ 梁雪波

词语里的人

这是旧年的最后一口酒。
往事纷错，飞矢痛饮花朵。
这也是舌尖上燃烧的第一束火焰
——淑亮之心
在无雪的湖岸加速，
像从阅读中漏网的一尾古典之鱼，
我在鱼腹中更新着发音，
犹如阵阵厉风剥着它的鳞片，
剥着阳光下的餐盘。
记忆向湖心之吻更深地陷落。
我茫然如岸，
如岸边的斜柳，如柳枝
猛力抽打一个困在词语里的人。

拆解与重构

我请求她的拆解，就像在阴云下
拆开一个告密者热切的来信
但必须抑制内心的战栗，以便从她的硕臀中
分出那个小学教员的心算课
我把病树下的时光轮踩得阴晴不定，无药可救
任凭骨头崩断洒落在秘密的途中
构成火焰细小的谶语围绕一个中心
轮盘转动如暗示：停顿即觉悟

我请求她的校正，请求一个呈放射状的动作
犹如为野马牵来一个十字路口
在她炸裂的承诺中，时间弯曲，紫气充盈
而她手艺的娴熟取决于我两腿之间
飞鸟和夕阳下坠的速度
取决于硕臀遮蔽的阴影投向生活的平衡术
她以拆解塑造我的饥饿、我的循环
当道路卷起落叶，我从狭长的锁眼
听到他们愉快地开启与远方有关的事物

早春记

当我从高处下降，那从积雪中探出的
无辜的眼，正试图寻找一条狼道。
他钻研爬坡术，以和瓶中的龟背竹相区别。
励志的季节各有不同，现在他们是
空镜架，咖啡色的雪地靴，
一只漂亮的骷髅头打量着世界……

我不会告诉他，我的舌上压着一座旧宅。
一个词语贬值的时代也充满春意。
正如他们卷着时尚的细浪和绒毛，在午后
涌进这个熄火的宇宙舱；
又纷纷漂远，而不必理会
盘曲在一个词里的颈椎病。

这是即将耗尽的早春。
玻璃退向内心，一架竖在阅读中的梯子
把美又抬得太高。
我为什么突然想到的不是古寺，
不是捉鬼人的胡须，甚至不是裸身
骑豹的女子？
为什么是那个蹲在茅坑上、撅着屁股的吸烟少年
向我戏谑地吐着烟圈？

"妈妈，你左边有个妖怪！"
那么，右边呢？孩子
想象是雪，而热腾腾冒着臭气的真实
不在你的图画中。
为此必须修改熟悉的句式，必须打开舱门，
必须活得如病梅一样孤烈。
我看见花瓣上的星星，像热闹的二月
即将耗尽这无边的春天。

钉墙记

下午，当我向墙壁钉钉子的时候
窗外的灰雀叫得正欢，仿佛
为春日暖阳镶上婉约的金边
而不安分的钉子破开空气，寂静
带着阵痛，樱花簌簌地飘落
那时你我都年轻，像绿眼睛的小鸟
在屋顶眺望，那时湖水摇着小船
银白的铁钉还没有把它的沁凉
渗入指尖，而现在我感到花朵背后
混凝土的敌意：拒绝被洞穿
像生活拒绝被一种金属重新编码
落在鞋窝的碎屑，意味着时间
凿下的浅坑，一片小小的虚无
放大着窗外的剪影：有一双翅膀在空中
拍打，发出警示般凄厉的叫声
我想我可以将折断的钉子全部吞下
为了那些美丽的羽衣，或者
对应于夕阳的颤动，当榔头开始
扑向身体，甚至能够不喊疼
生下另一枚钉子，以和寸进的白发对峙
天黑之前就能完工，你说
墙里传出曲折的回声，缓解着微微的肩痛
一枚钉子缠绕的鸟鸣，犹如恋人
对铁石心肠的船长说回来，回来吧
迸溅的火星照亮脸上迷人的泪痕

孤石记

通往孤绝的道路是迂曲的。
如同弯弯折折的石桥
为巨石送来多余的热情；
我们依着铁栏，隔空而望，
并将自己谨慎地锁在赞美之中。

于是孤绝之物更加庞然。
几乎构成这片海域中
惟一的阴影
——以其不动区别于
那些偶尔斜掠头顶的黑尾鸥。

除了遗忘之火，有谁
能够拨动困在你身体里的时间：
与浩瀚星空对应的密纹唱片？

我愿接受这样的教诲：
垂落于精神断面的火焰
为羞愧增加了重量。
我接受那孤绝四周展开的辽阔，
接受一枚脱颖而出的金针——
"累累乱石如碎语杂糅。"

午后与一只马蜂聊天有感

晾衣服时，看见这个小东西落在阳台
在几盆已经枯萎的植物旁边
一只我叫不出名字的马蜂
让整个阳台变得轻盈
我小着心，兜住衣角的水滴
生活曲面上折射的虚无
激怒它可不是一件好玩的事情
蹲下来，试着和陌生的事物说说话？
喂，你好！异族的首领
可它不爱搭理，兀自在阳光下
摆弄一双瘦狭的黑翅
展开，然后收拢，如此反复
被秋阳晒暖的小小身影
像一架积蓄斗志的微型战机
哦，在这晴朗的午后，它的仇恨
准备向谁刺去，除了
一个凝视它的抽烟男人，有谁
配得上做它的对手？
而我希望的是：万物视我为无名
像隐匿在草丛中的孩子
他的奔跑正撞击着我的胸口
一只马蜂避开同类，分享我的阳台
在黑与白，明与暗之间
无声地上演着一场孤独的哑剧
它进入皮肤的方式，就像
一个沉溺于语言中的人
等待尘世把他推远

观察一只坠落于阳台的甲虫

啊，不期而至的机甲战士乘风降临
于是黄昏振动着金箔
让迟钝的心推延了来自深渊的邀请
楼下的晚餐飘来，徒劳地
平衡着一场越来越费劲的阅读
整座房子的重心开始
倾斜，斜向细雨和细足
托举的打旋的虚空
天，阴郁得仿佛另一个卡夫卡
所有神经都生出了毛刺儿
即使一根树枝就能翻转命运
它稳住了肚皮和阳台
犹如秩序稳定了意外频传的夏天
世界开始起飞，转瞬的静默
像一道箴言
黏住我们原本寂寞的舌尖

暮色中的芦苇

直到离去时你才发现
那丛细密的芦苇
在稀薄的暮色中轻轻摇曳着
直到笑声和脚印
被黄昏折叠
被中年的盐涂满
内心才于枝头独自枯卷

在飞驰的时光中，一丛芦苇
倾向无人的河岸
细小的苇秆，有哪一枝
还藏着你童年的哭泣
当白色的芦花将一场大雪
落满家乡的屋顶
立在村口的苦命的母亲
是否还像芦花一样
簌簌地颤动

穿过杂草的芦苇穿过记忆
我不能在变暗的光线中

抽出你的脆弱
曾经扶我上路的目光
已经浑浊已经睡去
我已没有希望坐上一束芦花
返回北方

一生中无力抵达的事物太多了
像燃烧无力抵达太阳
词无力填满世界的空虚
你用墨水和天空对峙
与芦苇交换头颅
那些齐齐倒向水面的花朵
苍茫一片
而大地上的声音却渐渐顿起

这是在汤山，在石头的心脏
我看见枯藤的风吹过山岗
那些走在时间前面的人
已经积雪满肩
我看见冬天留下的深刻的擦痕
黑暗中我听到喘息
还有几个人在灵魂的洞穴
攀登，攀登

苦楝树

我将从苦楝树的凉荫赎回孤独
像一粒弹珠似的青果
在没有砸痛头皮之前
保持对季节的敏感，对未知的迷恋

我将捡起脚印、沉疴与膝盖
从集体的七月灌向枝头
这个过程，并不比情怯更为简单
一株被修饰的树如何用微颤
将命运刺穿？

多少年了，我折断的身体
还扛在那个少年的肩上
像分不清对错的初恋
被大雨押往异乡的是谁的头颅？
漂流、生长，比果核
更紧地锁住一道冰冷闪电

虚无主义的夜莺

在高热的掌鸣中，翻无尽的筋斗
一个接一个的圆弧
把背后的山水旋转，旋转的夜空
溪水漂走几只酒杯

在灰白的灯光下，摔打着身体
一遍又一遍的痛
加剧着失血的不驯，钢夜莺
把技艺练成凉月的回声

在句子的中央，撕裂彩云
一个词和另一个词
虚无主义的落日，痴醉的舞者
向着镜中的空地翻了过去

游观术

船泊在二楼，云下有荒废的词典
行到转弯处雪就落了
松下闲谈的人，面目微红

那白翅膀的钟声，多像我笨拙的
舌头，在最后的天空闪耀之前
它还要含住苍莽孤山

俯身于命运，像铁屈身于黑漆
扶杖罗汉长眉低垂
雪中的人默默无语，手握着冰

致幻术

我在漫长岁月里的漂泊，如一枚龙鳞
在人肉浑浊的尘世
在语言的废矿与新雪之间，漂泊
在亿万颗群星喂哺之以可能性的祭坛之上

漂泊无始无终，如悬垂的孤胆

我长发飘飘的仇敌正奔赶于另一条道路
持久的寻找令她夜夜高潮
春深如墨，我听到剑鞘里一阵
不可控的躁动
像刀劈锦缎的裂响
——它已嗅到冲涌的血气

而我要做的无非是透过泪水
朝向那白刃的纵身一跃

吃　雨

在身体和食物之间隔着一场雨
就像漫长的饥饿和天堂之间
隔着一个梦

在梦和梯子之间是烫嘴的夏天
是摇曳的灯，只剩下最后一盏
只有忽隐忽现的马蹄能把它擦亮

从早晨到傍晚，只有一片必须穿越的
悬垂之海，就像送往舌尖的
一小片毒
不被你我之间的大雨说出

透过玻璃观察一只黑鸟

在薄冰的下午，我看见一只黑鸟
孤立在树顶
像一块优美的磁石，将远方的夕光
缓缓收拢，那黑得
令冬天战栗的眼睛，像虫洞
又仿佛在时间中寻找着什么

透过玻璃，我看见结满黑果子的树上
积雪尚未融尽
傍晚放大的风声还没有止息
立在行道树顶端的黑鸟
有着被一幅画拔高的那种寂静
在我的注视中凸显

而它或许也在注视着我？看着

那个藏在玻璃后面的人
内心的雪球，越滚越大
一只黑鸟起飞，另一只投下阴影
在折光中变暗的锐角
像一枚钉子，将傍晚的风钉在空中

蝴蝶劫

乌云下的书店是忧郁的，如孤岛
——一只迷路的蝴蝶
闯了进来，在暴雨来临前的
短暂的晦暗中，飞过旋转的楼梯
和轻叹，在尖绿的竹叶
与黑色的书架间上下翩舞

它的翅膀比拂动的书页从容
对称的乐器，此刻绚烂
寂静如午后的阳光
——世界似乎并没有改变
所谓另一个半球的风暴
折叠在某本旧书的预言里
或深藏于宇宙一样幽邃的内心

很难说水面上漾动的波纹，真的
与你无关；那湖心亭的锦瑟
奏弄的芳菲，莫不是一个禽动的梦？
沉坠于时间深海的潜水钟
从久远的幽闭处升起，一种绽放的声音
淹没了奔逃的耳朵

哦，这幻念之美应当感恩于误读？
是否倾斜的雨线也只对应着空空的长椅
蝴蝶与书店：一场错误的相会。
被急雨打开的书，又被燕尾
剪断了章节，撑伞的人带走彩虹和花蕊
带走你植物学的一生

没有蝴蝶飞舞的书店，将是贫瘠的
犹如丧失了秘密的词
吊灯下，只有潮湿的文字绝望地发芽
只有雨水从四面八方汇聚，在这
阴翳的书店杀死蝴蝶的书店
只有一块生铁在雨中发出腐烂的光

杀手情诗

爱是一种幻象，须以死亡赋形。

——Leon

I

玛蒂尔，我在心底默念着你的名字
然后开始又一个漫长雨季的旅行
那只皮箱你知道已经很旧了，而我信赖它
像往事一样如影随形
我带着枪、亡灵和黑如棺木的词
上路了
不用担心，亲爱的玛蒂尔
现在我可以用文字记下那些起伏的屋顶
午后的阳光，和一闪即逝的树木
我已不会将牛奶弄脏胡子
再让你取笑
在锃亮的铁轨上，我已能用加速的沉默承受这
长久的痛楚

II

是的，玛蒂尔，我没有死
我从未在死亡面前发过抖，而上帝也不愿收留我
天堂里不需要杀手
犹如廉租旅店不欢迎子弹
而风衣、帽子和墨镜上城市的微尘需要我
平庸的生活需要我
旋转楼梯上孤单的小女孩
此刻正等着和我道一声晚安
玛蒂尔，我没有死去但是我将不会告诉你
不，不要在纽约找迷了路
不要坐在台阶上对着落日发呆
忘掉我吧，一个渐渐老去的杀手不配拥有爱情
一个永远的异乡人
不必在乎脚下的泥土
每个疏星淡月的夜晚就是他秘密的花园

III

我还会时常回忆起那个夜晚，你说你爱我

初恋让你的胃温暖
玛蒂尔，爱应发之于心而止于身
就像一次通往未知的旅行
现在孤独重返，甜蜜犹存的却是那些日常的嬉闹
其实我喜欢看你放肆地大笑
喜欢你抽烟的样子，你的易装秀无人可比
但我没有给你所要的身体的愉悦
我不能，我的体内堆积着太多的亡灵
包括死去的女友
她曾赤裸身体与我在花园里彻夜跳舞
像一颗饱满的玉米迎候爱的热吻
后来一枚子弹洞穿了她，连同我十九岁的青春
这么多年了，我以为胸口下已满是石头
是我要瞄准和射杀的靶心
玛蒂尔，你让我发现自己错了
原谅我吧，小猫，我不能和你做爱
你的乳房还那么小
我不能和你做爱，龙舌兰需要喷水了
而我疯狂的邪念已如叶片压低了深深的渴意

IV

玛蒂尔，我说过不会丢下你，一定会来找你
请原谅我欺骗了你
忘却与记忆，是双向的撕裂
在另一座城市我继续着喋血的生涯
雨中的火车缓慢而平静，一个陌生的站台
总有一张陌生的将死人的脸
人生中关键的时刻必须果断
推动枪膛的不是罪恶，或罪恶的反面
而是你的短发、你眼中奔涌的泪水
玛蒂尔，但不要怀着恨，像一块燃烧的冰
不要学着大人的口吻谈论爱情
那致命的时刻，是恐惧和仇恨敲开了沉默如谜的
    门
是你让我品尝到了生活的滋味
你唤醒了一个试图在椅子上永远装睡的男人
但是，亲爱的玛蒂尔
爱是一件多么沉重的事情
我爱你，所以离开你；我爱你，因此我
必须死去
广阔的世界将会收纳你，阳光和雨水浇灌
当龙舌兰长高，悲伤也会过去
那时你将忘记我，像走出一个噩梦的幽谷

V

玛蒂尔，痛苦是永恒的
正如这个世界上没有理由的杀戮从未停止过
暴力的颂歌从未停止
发烫的枪管，透着光的蜂窝一样的弹洞
以及刀刃下顺服的言辞
因为我是杀手里昂，只爱喝牛奶的里昂
一个冷漠孤僻的男人的乌托邦
总有一把扣紧的扳机
玛蒂尔，而你闯了进来，像一只受伤的小鹿
让我不知所措，让握枪的手在夜色中颤抖
让呼吸回到柔软的童年
让我最后流血的身体走向溢满阳光的窄门
玛蒂尔，结局已经不重要了
死亡已化作一道强光，照亮脸上动人的泪痕
而我将游走在记忆的边缘
拔枪、瞄准、扣动扳机，与罪恶博弈
如果可能
我将乐意干掉故事的作者，是他精心创造了你
哦，玛蒂尔，因为你
我的命运彻底改变，生命被疼痛所充满

十月断章

回溯早年的河流，重构之愿如此湍急
玻璃漩涡中，依然
有簇新的金菊野蛮绽放
我抽出的草芯那么嫩那么甜
饱含多少浪荡的回声
从树端撕下的落叶像一场断翅的初恋
没入无言的山坳
当我从惶然中起身
一个不断后撤的芦苇岸
已将无数个我荒废

鸽子在另一面镜中更白地燃烧
为了给捕梦者腾出深渊
而我将服膺于沿途的苍凉，伏向
草木子传授的秘密篇章
喧腾的运河壮大着季节的镰声
草尖上跳跃的飞行器

复眼与词性
已饱饮下最后一页露水

穿越象山

穿过象山的时候，我以为是梦
一个紫色的梦，或者关于梦的解释

我梦见麦地、棉花、苦涩的夏天
我梦见一只巨象正在穿越我的身体

而由象所集聚的石头
使一个阴沉的下午陷入深深的混沌

石头需要坚硬来支撑想象
正如我身体里的采石场需要一吨炸药

然而是否此象已斜出棋局
是否有一颗头颅还卡在动物园的栅栏里

是否脑袋应该像滚动的石子
咬住冒烟的车尾，紧紧追赶那飘荡的梦

对于象山而言，石头是不重要的
命名是不重要的，雷管可能因天气受潮

飞鸟、夏天、热情的废铁，以及
生活的开颅术，都可以省略掉

省不掉的是，当我穿过象山的时候
什么在穿过石头、敌人、采石场的野菊

和谁在途中相遇，并在那交错的泪光中
撞碎一头猛兽庞然的幻影

蝼蛄吟

在独臂吊车运送露水的夜晚
我怀念一只蝼蛄

短小、笨拙，时而起飞于头顶
时而落在墙角

像深入煤井的矿工，掘进
朝着黑暗的土层

我领略过它的劲道，它的前足
像矸石一样硬。我曾粗野地

掐住它，像老师掐住坏学生的脖子
在我童年的广场埋下一盏幽暗的灯

一只蝼蛄装入空酒瓶，更多的
越过稻田，从一座公共浴室引来欢快的歌声

十几个卸下了蓄电池和脏衣服的黑天使
跳入浑浊的池中

哦，我湿滑的内心热气蒸腾，一个
废弃的夏天从记忆的瓶底发出蚕鸣

在独臂吊车运送露水的夜晚
我的幻念甚于蝼蛄，飞过荒凉的矿井

时而扑向路灯，时而跌落
朝着黑暗的中心，掘进

夜火车

一列火车在夜行中停了下来
像某个喝醉的人
扶住一棵倒向秋天的树

火车停在一个荒凉的小站
黑暗中，我听到它的喘息
似乎比昨夜的雨水多了一份惆怅

每当火车停下，无边的寂静
就像贼一样溜进生活
钢轨上，黑暗在迅速堆积

如同远方的朋友，火车有着冷峻
坚毅的外表，而在锈色的月光下
焦虑与不安开始上演

火车的驰留取决于对远方的理解
当它停下，另一头巨兽正呼啸而过
带来风、震颤，平行而未知的命运

秋 殇

秋天适合挺进，适合
赶在冰凝血止之前
把头颅搁在锋刃上渲染一下
适合将瓶中墨
搅得沸腾
甚至提到与猛虎相似的高度

而现在它们却呜呜的撤退
以候鸟的速度
从斑驳的小号撤回铁皮
撤到湖心亭一个人出神的远望
撤到病床上
越来越深陷的脸孔

——是否在加速的旋转中
有一种
相反的力，让笔端有了荣枯
那些早夭的火
已流转为渐慢曲中低垂的星子
不经意
就被秋风削平了韵脚
是否真理就是虚影
而生，仅仅供养了不安

所谓祖国无非锣音的母亲
所谓秋天无非枝寒墨淡的半尺废园

我步入林中

一场冬雨过后，我步入林中
松针挂着雨滴，腊梅垂下花蕊
阵阵微风将远山的雾岚吹送
我敞开，不仅仅用肺
我像光裸的树枝细密地吮吸着天空

我为树皮上的眼睛、穿过树身的铁丝

留影，我钟情于奇形怪状的树瘤
钟情于万物中蕴藏的痛苦的奥秘
在齐整的水杉林，我的敬畏高过了寒星
笔直的事物令人不敢出声

我深入林中，不只为双脚感受泥泞
树顶传出的笃笃声，是对寂静的另一种回应
我看见黄雀、白头鹎，看见一只乌鸫
飞向另一只乌鸫
我追踪鸟鸣，却撞见一个吹口哨的男人

就这样，我步入林中，携带
雨水、松针和疤痕
我已爱不够，这花朵、疾病和乳头

夹竹桃的黄昏

夹竹桃的黄昏，地铁把美术馆撕开
画布上的童年转眼变旧
空气中弥漫农业的黄沙，话语的氤氲
比前朝面影更清晰的，哦
是纯真的针眼！

我之揪心必将滚动。
因而，美必定是有毒的
——妄念只属于六月盛开的夹竹桃
静默的书中
一场迟来的雨敲打着芭蕉和怪僧

洋葱头

一成不变的生活没有秘密
秘密藏在麦穗的起伏中
而此刻已被阔大的镰声收割，空旷
袭击着你的大头
你捡拾茫然，遗落的种子
从饥饿放飞的鸟
追逐盘旋于你的体内，像前朝的
战争和语录，喂养心中的猛兽
穿着碎花裙的女生，把白皙的脸颊
埋在长发和槐树的侧影下
她们的笑有着糖精一样浓缩的甜

哦，不，所有的回忆都近乎虚构
在目力无法抵达的乡村
一股浓烈而辛辣的气味充满了夏天
曝晒的田垄，麦穗饱满、低垂
而劳动并没有分娩出
伟大的诗篇，就像诞生、死亡与性
始终成为困扰着一个少年的谜
你不信领袖，不信交媾，畏鬼神
把避孕套含在嘴里吹得硕大无比
你向大地躬身，一个饥饿的集体
徒劳而欢快地叩问着祖国
一颗剥开的洋葱无声地刺激了口舌
辛辣、浓烈，开启萌动的身体
并学会对贫穷感恩
那是喇叭花摇曳的黄昏，没有钟声
和晚祷，飞鸟、菖蒲、麦芒上的光
一些平凡的事物构成了故乡
那些粘泥的脚、干裂的唇、乌黑的脊背
那些拾穗少年奔跑的汗珠
在大地上消失了身影
空无一人的麦地仿佛
素净的餐桌，灿烂的夏天
正从头顶发出盘旋的金属之声
像要把一个人拔出记忆的泥土
握刀的你，已热泪滚滚
一颗无辜的洋葱头被岁月斩首

无头骑士

春天，饮酒。铸剑。刮骨。

像一枚尖钉站在黑色的磁石上
又把双手直举向天空

平原上，起伏的屋脊是一匹匹骏马
马背上的雨水闪闪发亮

檐下的铁器发亮
炉膛发亮
绿树上悬挂的一盏盏灯
启向光的海洋

春天，从我的眺望里冲出一匹惊马

马背上，无头骑士
的刀口发亮
在复仇者的家乡，一枚青铜胸章
被泥土埋藏

他的空躯填满了雨水
孤月下，他手臂上的刺青闪闪发亮

春天，高视阔步的马骨立于磁石
这秘密的火光
我饮酒，悬腕，在雨中祭奠
我焚烧肝胆，没有人像我一样
扎根
并深爱着树杈上的姑娘

反动的诗

如何将非诗的生活写成诗
或如何将一首诗写得不像诗
而本质上它又是属诗的

每天清晨，院门将山林打开
我齐根站在那棵鹅掌楸的身旁
用后背和脊椎撞击
用手拍打，抚擦她皲裂的皮
身体渐渐生热、通络

而高拔的树干纹丝不动

直到有一天
我将双手抵住树干
闭上眼睛
感觉到她也在轻叩着我的掌心

清　明

在雨夜的小酒馆，我遇见赶猪的人
箍桶的人、斫琴的人
我不饮酒，也不赏花
只见斗笠下
走过偷马的人、骑鲸的人、下毒的人

我用耳朵饮着剑锋
我看见一个害怕钟表的人跑得比火苗还快
而我将等待，等待一个
卧轨的人、割喉的人、吃铁条的人

我有足够的耐心，正如酒馆里
有成堆的乌云
让我遇见化蝶的人、豹变的人、脱壳的人
屋檐下，坐着那个埋我的人
——翡翠猛虎向深情的喉咙疾奔

关于我的写作

□梁雪波

就诗歌发展到今天来看，单纯的抒情或基于语言本体论的激进策略已经难以应对来自历史与现实的尖新追问，诗歌的闪电必须以广阔而深邃的天空作为背景。在近年来的写作中，我尝试将出自生存经验的个人化的思考与感受融入到修辞训练中，并试图从精神的高处对技艺作一次次的俯冲，在呈现个体生命与时代的深刻摩擦中，召唤一种开阔、锋锐、复杂、介入的写作向度。这很可能是一种笨拙的、并不讨巧的方式，因为它并不能给出任何解决问题的答案，却更多地呈现出危机。

是的，诗歌应该表达真理，但只能用一种曲折的方式。诗歌要勘探存在的深度和语言的深度，但只能以偏离常轨的方式进入与呈现。为此诗人有时不得不站在一根绳索上，在四面来风中学会保持平衡之术。这就是诗人的宿命游戏，也是诗歌的魅力所在。尤其在一个物质主义和娱乐至死的时代，它更像是一场漫长的自我搏斗，其中夹杂着痛楚、失落、惊讶以及不为人知的欢欣。

如果以商业和市场的眼光打量，诗歌确实没有什么用，正如面对粗暴的世界，她同样束手无策，有时候甚至难以维护应有的尊严。但是诗歌能够缔造一种秩序，这种秩序既忠实于外部真实的冲击，又谨守诗歌艺术的内部法则。在这由词语构筑的秩序中储存着我们的情感、经验、智慧和灵魂成长的秘密。Z

孤　城　王小程　雷　霆　轩辕轼轲　杨　光
傅　蛰　成明进　楚　楚　张有为　雾小离
蒙　晦　贺予飞　曹文生　左安军

题睡莲为金鱼所断 （外三首） 孤城

天光有了
倒影有了
人世止于外延
缸水深浅，契合天空的纯粹程度

我需要佛光
需要暗香
我需要绚烂——需要不可捉摸的敏感之美
需要倏忽远近的曼妙
像天光摊开巴掌大的纸箔，喂养三两尾金鱼
而非咬手的火焰

需要一切相安无事
像菩萨端坐在莲花上面

旧 友

在古镇，天际线也是怀旧的走势
惹人想起旧友
譬如飞檐挑起的空寂
粉墙黛瓦的心情
即便我再从这石拱桥上走回去，你也不会出现
的喟叹

旧友是愿意随你去旷野里苦守寒风的人
只为相聚
旧友在记忆的衣柜里，有纯棉的质地

旧友往往和遗忘叠在一起
叫人幡然时，心生愧疚
允许迷路
允许迷路后去看望一个永远三十一岁的旧友
没有比永逝埋得更深的伤痛

万物在旋转中生长，月季花今年已经开到第三遍
旧友有的晃动新花的外形——
自己凋谢在自己的身体里面，叫人徒生怅然
有的
还在眼前

两个三河镇

我更喜欢水里的那个
也许这跟我喜欢荡漾的生活有关

如故。无恙。十年、二十年写同一首诗
右手摸左手
廊桥复廊桥
斗拱连斗拱
小瓦摞小瓦，青砖累青砖

你看水里
三河镇悸动——一滴浓墨在袅袅散开

诺日朗

我们身体里分流的黑户口
我们有意无意视而不见的柔软部分
这喧嚣滋养的寂寥
这恢弘排挤出的潮湿与颤抖

命犯纷披，迎送跋山涉水而来的众生
透明在绞杀
尽散碎银，换清欢
在瓮底最后一滴酒里决堤哭世的汉子
——这柄遁入深山的雪花板斧
一眼识破我们身心里弥漫的疲惫狼烟

树在投递孤独的影子 （外二首）｜王小程

反过来，影子立地成树
有着更为清晰的真相
叶子终日摇摆，却从不轻易
坠下。有鸟孤立
枝头，又倏然飞走
相对于静，我更畏惧隐秘的
流逝：钉子嵌于体内，而锈于
表层，昨日已快速烂掉

昨日的人们不紧不慢地走在
今日的坦途中。把阴影投给
对立面、异己者。这不可解的黑
等同于骗术，等同于一棵老树
被突然间移走
秘而不宣的疼好过众人皆知的疼

我曾用十年目睹一棵小树
遮天蔽日，又用十年亲历祖父
矮小下去。连同影子、记忆
扭曲在棺板上——这树的横切面
枝叶空无，鸟雀寂灭
仿佛不曾挺立过，仿佛一旦躺下
影子早已夺身而去

在春天

我爱一些低垂的事物，胜过
一些高耸之物

我爱隐约的鸣叫，清浅的
瓜葛。无所事事的

春天。
叶子慢慢抽出自己，水鸭子
一头扎进河里，是极其舒服的

褪下衣服是极其舒服的，当我们

赤裸相对，有着无言的诉辩

肉体从来不会撒谎
腐朽之人不再有清晰的欢愉

在无尽的低处，漩涡收紧
交配与祭祖是一回事

这，仿佛是最好的开始

——我爱这新鲜的开始
冥冥之中老去的开始

暗 流

江水漫过堤堰，一些水分
藏不住了。交出自己
多余的部分
我交出臃肿的外衣
疯长的胡须，交出内心的
薄冰，胸中的惊雷

波涛平息的中年，亦有暗流涌动
灌满泥沙的螺贝，不再有呜咽之声

早些年，当一条江
突然递到眼前，你惊愕于
浪花竞逐，转瞬破裂
沧浪之水亦有红猩的初潮

如今江河横卧，尚有浮力
那些荒芜之网，走漏的风声
去了哪里

你曾说：山主人丁，水主财，而今
岁月忽已晚。流水如斩，江渚上
芦荻举着白花花的头颅

刨土豆

（外二首）｜雷霆

像启封陈年的老酒，我们在秋天，
小心地翻开土地。我们迎接土豆，
就像迎接失散多年回家的兄弟。

多么像发起一场革命！对付这不争气的兄弟，
我们抡起祖传的镢头，在风中缓缓地投向大地，
在靠近枯黄藤蔓的地方翻开一小片土壤。

地里的土豆做梦也没想到，这么快就要回家了。
被我们刨出的土豆裹着新鲜的泥土，
远离土地的瞬间有手足之情的依恋。

它清晰的纹理被授予阳光的荣誉，
我们要护送它回到三尺土窖，在那里
还有萝卜、红薯、蔓菁等更多的兄弟相守。

打着秋风的旗帜，与阳光结伴，
我们在秋天刨出土豆，养我们的苦命。
守护我们饱经风霜后的平淡生活。

记得野花散尽之后

野花在七月是自己的。不需要灿烂
也不用踮起脚尖探望梁外的人间
到八月末，野花是田野的一部分
那时，青草高过眉梢。蔓延的枝叶
一定携带了来时的风尘

短暂的官殿，一处野花支撑的江山
日头有迟无早起落，潜在的抒情！
如果输掉的不是河流的欠账
那就是世间的芬芳。美多么需要安慰！

从天门关到官道梁，中间霞光万丈
庄稼见风就长，是那野花翻看着
如果这时，我说出热爱这两个字
如果野花散尽之后，我会记得
九月静悄悄的，像空空的羊圈

又见冬日

阳光照到一杆子高的时候
土炕上的苇席很快就暖和起来
前半晌，沟里的风还很冷地吹
官道梁上似有阳光轻轻踏过

父亲挑一担水回来。我看见
一前一后的木桶盛满生活的欠缺
院子里，山柴已打成垛。我们会
看着这些苦命的植物经过炉灶
我们在炊烟缭绕的黄昏一眼就看见家乡

又见冬日，在更远的河谷，姐妹们
把时光剪成红红的窗花。用这样的心思
去唤回冬天稀少的暖和，我们就在
这样的季节，一会儿剥着玉米
一会儿闪入幸福的话题。

我们从那时上路，一直奔跑到中年
依然是冷暖自知
被风掏空的冬日。土墙下懒散的光阴
古老的谣曲夹杂了生活的不动声色
依靠了苇席，山柴，相依为命的牲畜
我们就这样与身边的事物问寒不问暖
在不太多的阳光下提炼来年的骨气

熔断机制

（组诗）　|　轩辕轼轲

扫 墓

这座埋葬数百亿尸体的地球
才是宇宙最大的墓
太阳每天都用光手拎起人类这把篦子
对它进行梳理
偶尔有人被疾病和灾难硌断
就等于掉了几个齿

成吉思汗的部队没有粮草官

每个人都要
自备干粮
牛肉干
羊肉干
奶酪干
压缩饼干
只有马是湿的
它只有不停奔跑
才能避免
倒下后被制成
马肉干

花 旦

当年她演穆桂英
身手矫健
两腿跳起来
足尖一个十字交叉
就能同时踢开小番扔来的
八条花枪

后来她不演了
认识了某县长
调进了某个机关
这次足尖不论怎么画十字
都没撬开他的家庭
县长退休后
她回归到穆柯寨一样
空荡荡的别墅
感到当年踢开的那些花枪
又缓缓扎回心间

金桂花

成都华阳的金桂花
从事职业哭丧
已经十九年
除了眼睛差点哭瞎
视力有所下降
生活水平和血压都逐年升高
只是二十一岁的女儿
不愿女承母业
去了一家婚庆公司
和她唱对台戏
有时在同一乡镇邂逅
乡愁成了一条窄窄的村道
她在这头
女儿在那头
到晚上回家
抹干了泪花的她
和摘下了胸花的女儿
才在饭碗前重逢

春 辞

（外一首）杨光

1

一觉醒来
听见远山青草起身
羊的叫声
有人在山下刨土，挖坑
掏出土的石子随手扬向草间
山上便下起牛毛细雨
像旧年的松针
晚归的人儿

2

细雨淋向屋脊
小蜗牛顺着树干向天空攀援
青色的瓦片苍苔点染，即将返青
蜘蛛从屋檐垂直落下
那根喜从天降的丝线
难以捕捉的线索

3

冬天没有烧完的柴火
堆在院落
像不规则的小村庄
傍着地面的木材，长出星星点点的菌子
皮肤一样白
晾在院坝边竹竿上的青花被单
有一股子霉味

4

邻家嫂子从园子归来
裤脚露湿沾染黄色菜花
她在灶房里煮饭
猪在圈里拱槽
一轮蛋黄样的太阳从马中岭升起
她有一个南瓜一样的肥臀

5

去年的稻茬还没有完全腐烂
稻田像簸箕一样空
毗邻的麦子拱出冻土
燕子飞回南方，贴地低飞
寂寞的蛇开始伸懒腰
蚂蚁就要出洞
轻柔的春风抚摸过百感交集的土地……

朴素之诗

当鸟儿们落入饱含叶子的树冠，
我们看见树剧烈抖动并发出争吵，
仿佛无数只虫子从内部噬咬一只青果。
而更大的朴素在于，
当它们飞上脱光叶子的树梢，
事物便以另一种意义呈现给世界。

春天了

（外三首） 傅蛰

亲吻麦草的感觉和亲吻胡须的感觉应是一样的
　　吧。
和童年惟一不同的是，
想到有的亲人已经深埋地下，
遍地麦草都是他的胡须。

在寒冷的日子里

那时候，冬天没有暖气，
夜里，一左一右，我们搂着小儿子的光身子睡
　　觉。
那时候我们感觉他是天底下最温暖的小火炉，
你是圣母玛丽亚，我是上帝。
我们小声议论明天的柴米油盐
和今后的美好。
在早晨，又一起哈气，对着窗上的冰花，
把那看似美好的一点点化掉。

女　人

那时你站在月光下，
在溪水中，像一丛蓬勃的青葱。
脚丫拍动流水，眼睛却望着别处。

你的脚趾是稚嫩的葱根，十指是削尖的葱叶，
你裸露的小腿，那耀眼的葱白——
我喜欢你由白转青的部分，
充满了想象，丰腴而纤瘦。
十年后我明白那里面全是空管，饱含汁液，
散发出呛人的辣味，呛出泪，
它们和油盐酱醋一起，不可或缺，
成为生活的一部分。

野有矮柳

野坟旁一棵矮柳，
它捧着它，它抱着它。
其实在看不见的土层，还有许多交错纵横的根，
像婴儿坐在母亲的膝上。
它俯身亲吻它的额头，捧着它的小脸，
它仰头看它的眉眼如月新弯。
它的柳丝拂过它的脸颊，
它的小草如小手抓挠自己的鼻尖。
它两个依偎着。
我常常听见树叶呼啦如母亲哄睡。
我常常听见蟋蟀低唱如婴儿咿呀。
我听见草窝里有胎动。
我听见鸟巢里有呢喃。

我希望在秋天告别 （外三首） 成明进

我希望在秋天告别
秋天开朗
秋天告别不需要言语
秋天有老处女
目送她的情人
秋天有护士作别她的病员
秋天有一只夜
栖息在秃枝上等候主妇

我希望在秋天告别
手插衣兜，这样地这样地走下去

大雁只是从秋天飞过

大雁只是从秋天飞过
大雁飞过只是印痕只是记忆
只是抽象的远逝
冬雪不必紧张跟进
大雁还有凄切的叫声，在大雁飞过之后
美丽地
撒落给秋色

吃风的船从来无所用心在湖上
越过漫长的冬季

落尽所有的言语

雪细细地细细地落入湖
落尽所有的言语

这样广大的铺排

必有心事没能说出

灯误入风雪满是羞愧

昨晚那轮满月
失散在今夜

送 行

时间已死没有死亡原因
时间躺一驾马车向原野奔驰
送行的人伸手掐算不到光明
时间从每个人心里卸下
真理和谬误同时退去
人们无所事事
也不必赴耶稣的晚餐
人人勾着头，男人女人都有光辉秃顶
人人勾着头，男人女人都拖灰色长袍
失去时间而被世界
作为僧侣
漫无目的地出游
跟随时间死去的还有恐惧
人轻松了，轻松得不敢言说
万物都停止生长
只有雾逃出美丽开始弥漫整个草原
没有原因的死亡还将痛及死亡本身
一驾马车拖着时间的尸首奔驰
无人驾驶
马车下一站将永恒驶入某个静点

人类心里又落上一种东西
像嫩叶的妩媚

风在说

（组诗）　楚楚

落日之寂

此刻，除了我
没人在意，一轮落日悬在楼顶上。
就像一个人的小城，
活在遗忘和忽略中，消磨了光芒。
在落日照拂中
两个不说话的物体
在对方眼睛里，完成了角色互换。
当我转身离去，暮色的主人
也带走了它最后的余晖。

风在说

它一直在说。
从街头到巷尾，高处到低处。
它一直在说。

在我注意和不注意时，
它在说。
在我为粮食而奔波时，
它在说。

它说了什么？
有时，它会反馈在我内心。
有时，它的密语被大地收藏。

更多时候，
它只是孤单地吹拂。
从来的地方来，到去的地方去。

遗忘了的记忆

我陷入自身的黑暗中时，你再也不是

那束光了。那束引导之光，
适合灵魂。
现在，那束光不断地移动，
它照在了其他地方。
是的，再没什么值得遗憾的了。
当黑夜带走白天，
好像除了孤独就是孤独。
但我不恨它，它挑选了我。
黑夜自有黑夜的力量，孤独
从四面包围时，那就
想一想，被遗忘遮盖着的记忆。

窗　外

街上长出许多蘑菇时，
冬雨落得正欢。
一朵蘑菇，就是一朵云。
许多蘑菇，就是许多云朵。
它们叠加着在街市移动，又消失在小巷里。
我探出窗外时，远处灰景，近处高楼，
高楼下逆时光而生长的树叶，绿得深沉。

窗外，磷火孤单地闪烁

天边那片红晕早就看不见了。
我还坐在原地，对面升起夜的繁华。

心情好时，我说那里盛产玫瑰。
心情坏时，那是坟场，磷火四处飘移。

或者，随便什么。48米高空之上，
陡峭的时间能够被什么代替。

电流无声，跟着它慢慢发光和变暗。
如果，只是磷火孤单地闪烁。

我有满坡青草

（外三首） 张有为

我有满坡青草，满园的葡萄
青草荡漾在胸中，葡萄安放在头顶
我只是喜欢绿色

我有一片沙滩，满天的星光
我要像从未见过大海的孩子，赤着脚
小心翼翼地走在沙滩上
还要和你在星空下谈谈理想

我要把美当作独角兽
把灯红酒绿当作一条沸腾的河流
这样我才能安心

可是世间，还是有苦难
那么多人等待怜悯。他们放下了屠刀

那么多人，放弃一棵草在风中的自由
他们闭上了眼睛

镜中人

你不承认他，一个
完全相同的你。
你喝你的咖啡，他刮他的
胡子。用老式刮胡刀，
满脸的泡沫。
你过安稳的日子，
他总是模仿电影里的英雄，
九死一生。
一边耍酷，一边维护着
世界和平。坏人都藏在角落，
一意孤行，考验所有人的
阴暗面。是一个
藏在镜子里的人。
他有着无上光荣，又堕落彻底。
内心挣扎，乞求，
表面上却不动声色。

见 面

我的婆婆，在我出生前，
她就死去。听母亲讲，活着时，
她预感到我会是一个孙儿。
有一次，在梦中，
我觉得是她来与我相见。
裹小脚，穿一件对襟青布褂，
包着头巾，颤巍巍走路。
她慈祥地看着我，
伸出一只手，想抚摸我。
作为一名乱世中的女人，
她东躲西藏，生了三个儿子，
能够活下来，已是不易。
那已经过去了的，她从来不提。
她隐忍，逆来顺受，
不违背良心，但求安身。
一个典型的中国女人。
或许，我是她生命的延续，
我知道她，她知道我，
但我们两个，就是注定无法见面。

布谷鸟

铁器横行的年代
我怀念木质的窗户，木头的窗棂
月光肆无忌惮
青石板上，妇人用木槌洗衣
一下一下，敲打漫长的夏天
姐姐十九岁，还未出嫁
她懒洋洋地躺在竹床上
把油黑乌亮的辫子，梳了又梳
一切安详平静，似乎从未改变
割麦插禾，豌豆巴果
布谷鸟的叫声穿过江汉平原

爱 情

（组诗）雾小离

致——

我听到时间之声，滴答。滴答。
落入我苍白的身体。

发芽，开花。引诱蝴蝶。幻觉的爱人
曾在我的腹部，埋下一粒鲜活的种子。

春天来时，于眼前疯长。修整许多年的虎皮兰
我把它顶在头上。
让小鸟做窝，让小鬼做床。

我剪掉了自己的鼻子，嘴唇，四肢。
所有能说爱的部分。都让我剪掉了。

亲爱的，你看。现在我是一棵成熟
乖巧，略带性感的植物了。

难道你还不想吻我吗?
从花茎吻到花蕊。从表皮渗透骨髓

樱桃，樱桃们

在夜里，樱桃被雨洗过，长成女人的样子。
那时她们年芳二八，尚未婚嫁。
从骨子透出来的红
连着皮肉。母亲打算把最鲜艳的那颗
许配给耳朵。把羞涩的留给牙齿。

而樱桃是叛逆的。
如果你说：要。
我就和春天断绝关系。梳洗打扮
丰富而明媚地贴上你的吻

爱 情

它被描述成橘红，也必是可爱
在纸上的十二月。它应该比，樱桃大
而且明亮。像橘子，或者一锅
水煮鱼。
我想伸出左腿，就陷入热恋。
我想亲亲，饱满的甜。
而十二月的春天总不够温顺，在欲望里
出生的白糖和栅栏，阻挡了爱
和想要爱的人

你要笑

时间允许我
多活一秒，我就要，多笑一次。
我要笑。
笑出鱼尾纹，
笑出苍白的牙床，和不太
整齐的牙齿。从眼角挤出果子
热烈，与红酒。要么你就使我哭。要么
就陪我笑着老。反正不能，爱着

却一动不动。

巨　幕

（外一首）｜蒙晦

斑驳的、巨大的口腔
呕吐着光线
在众目睽睽之下暴病——
人们习惯它，就像习惯自我

它吃进去的东西让它患病
胃溃疡，严重的消化不良
它吃过化妆品、手表和澳洲奶粉
最新的丰田汽车以及中央讲话

它吃过珠江边的高级住宅和美国电影
吃着香港红花油和民族饰品
它吃饥饿
几乎要吃了自己的肉身

把半消化的日常转化成图像
排泄一种被提炼的戏剧性
它在十字大街的中心
敢于勃起

每人从那里懂得自己的生活
富于新颖的变化与激情
用广告中最出众的面孔
使人们确信物质与符号的必要

还提供一种热爱生活的信念
以庞杂的美学趣味
编写着诱人的逻辑
张扬普通人的自由与色情

人们如此倚重它

就像依赖自我
在其热烈的拥抱中感到分量不轻
以及推销员般的亲近和友善

让人们深信，物质必然是一种道德
一种合情合理的秩序
一个肉感而空虚的
隐身上帝——

当超级市场前的汽车在嘶吼
当巨幕日夜展示着它不竭的喜悦
路边的垃圾桶，便足以
续写人类历史的残篇

海鲜市场

海鲜市场潮湿的一夜，鱼贩
贩卖桶中的海岸线

四十只鱼眼浮出水面
凝望我手中找回的零钱

鱼鳞，向黑暗扔出最后一把硬币
响螺塔螺，塔螺响螺

剁下的鱼头只是一块死了的指南
在指向今夜就是每一夜

我如何向着今夜没有的地方
泅渡？咫尺痴笑天涯

活 法

（外三首） 贺予飞

他们蹲守于菜市场卑污的角落
他们大包小包挤睡在火车站的广场
他们在医院骂骂咧咧，嚷着回家，太浪费钱
他们不善言辞，重复着仅有的几句体面话
他们祖祖辈辈守着老规矩，劳碌一生

世上有太多东西让他们下跪
我以为风一吹，他们就四散凋零
没想到他们竟像南方的一场雪
过了一夜
便可接纳所有雨水的敌意

空房间

走进一间空房，失水的人
逐渐恢复弹性
世界原点，退回到孩子的眼睛

是谁试图揭开这寂静，用脚步一声、一声地对抗
是谁填满夜色，让回忆
按下单曲循环
是什么在微光里生长，是什么被钉在昏暗中
是什么沿着空白
深入，再深入

我们无从知晓
天渐白时，房间里
传来清扫的声音

等风来

当她挺直的脊梁又一次屈从
身体已不自觉上锁

她要求我们不再叫她红梅，我看到匕首
猥去树干上最后一块木质疙瘩

她在光秃的枝丫起飞
她在光秃的枝丫落下
洞穴①里火光闪烁
神灵遥远

就在她喊出疼痛的一刹，我看到红色的铁
升起青烟
一阵由七个孩子奔跑而引起的微风
多么及时地
一点，一点吹开
她身体的弯曲

红蜻蜓

深夜，一只红蜻蜓造访
它颤动双翅
与身后的白墙形成对峙

它曾带我飞过湘水河畔，飞过华北平原
那时我还不懂得
所有卑微与渺小的生命
我无忧无虑地跑，义无反顾地跑
筋疲力尽地跑
如今，它穿越一座座金属森林
穿越暴雨
叩响我生锈的身体

那些急促的往事由白变黑
由黑变白
它每一次的振翅，都让我
胆战心惊

---

① 洞穴：取自柏拉图《理想国》的洞穴隐喻。

灰空间

（组诗）

曹文生

失　重

一个人，在平原上
播种灯色。神，被迫蹲下。

在故乡，植物是最好的翻译家
它一寸寸，抬高孤独的力度。

最先落下的，是掉瓷的碗
然后是哭声。

后来，麻雀也飞散了。

入冬帖

入冬，火焰爱着大雪
灰喜鹊爱着空旷，只有一截树枝
爱着岁月悲鸣。
一场风，越过温饱线
也把自己吹空了。
三两只，啄木鸟，在林间
修行。像枯草藏着山谷
白雪藏着寂灭。

灰空间

灰，影子的暗号。
这个空间，不需修饰
女鬼是灰色的，在书里藏着
长枪是灰色的，冒出政治联姻的烟
有毒。一些看不清的

关系，是灰色的。
在入冬之前，我不喜欢灰色的
蒙太奇。里面的毛孔，粗大
且堵塞漏洞。
一个女人的娇艳，突然干净起来
把昨天的床事，藏匿一场
白头偕老的雪里。

榆钱记

应该把春天还给你
把过去的记忆，分给你一些。
你看，这结霜的铜钱
紧紧咬住1942年的观音土。
卑贱之身，暗怀三钱车前子
和一地白蒿芽。

"净身过后，仍有一尾鱼
游弋在复活的水域"。

榆叶五钱
返祖于记忆的深处。

白茅记

每一株白茅，都暗示温和。
请再查看一遍，故乡栅栏里的
那些有用的地址。
桃花，已散尽家财。
惟有遍布乡村的白茅，仍在母亲的叙述中延伸自
　　己。

时间之外

(外三首)｜左安军

没有一张床属于自己
没有一面镜子会记住你的所有形象

夜一瘸一拐地走进我的身体
直到梦把我赶出时间

醒来时我去参加自己的葬礼
然后独自一人回到地狱
那留在地平线以上的声音
将会被无数代人重写
为世人所熟知

世　袭

权力者想转动发型师手里的剪刀
把我们多余的思想
剪掉

以便从背后叫出一个名字时
所有人都会一起
扭过头来

那些为我们精心编排的舞蹈
最终将简化成一道口令
然后重复印刷

穿过河流

当大海的蓝色睡眠在你眼中突然降临
你用你的眼睛锁住了我

暴雨将旅行从早晨推向早晨

道路如此昏暗，你打开你的眼睛
将它照亮

第二天我们才到达喀斯特小镇
你走向你的葫芦笙
我走向我的圆木琴
我们喘着气，在对方那里吹奏自己

一条河流接纳了我们
这黄昏的古老习俗
但愿我的吉他不再嘶哑
但愿你在我的琴匣中静静流淌

从一日的工作中醒来

除了死亡的恐惧和生活的耻辱
什么也感受不到。早晨的道路通往医院
房门洞开，大厅里坐着编了号的人群
也许此刻在走廊来回走动的人身上就发着光
但谁也看不见他的那颗原子心
他们被亲友推进屏蔽室时全部的表情
像永别也像送葬
他们躺上去，听任医生摆弄
没有了平日的疯狂和野蛮
当我从一日的工作中醒来走上地铁
那里身体紧贴身体，谁也不认识谁
走出地铁，我驱车向北，大地在我身后倒退
我时时刻刻身处地球的中心，走到哪里
和他们一样都是无根的游牧民族
居无定所，乡音尽失，隔着沥青梦想大地
只是我偶尔听排队的瓶子高歌，直到深夜才睡
死神像一辆朝坡顶开去的推土机
到达坡顶时，司机突然从梦中松开双手

曹树莹
迟云
向以鲜
一度
董进奎
张鲜明
帕男
幽兰生馨
张作梗

曹树莹 的诗

|CAO SHU YING

风在深处

我写诗的时候
总是不能自主

我本来想写一株小草的无奈
风却赶来清理我的头发

我对寂静刚刚产生一点联想
风就把白色的纸页弄得都是声音

风的味道让我迷醉
有一只手　领我进进出出

窗棂的缝隙那么窄

窗棂的缝隙那么窄
为什么我能看到下雪的院子
比我粗壮正在瞌睡的老牛

窗棂的缝隙那么窄
为什么我能看到门前的槐花
被弯腰的人轻轻捡了去

后来的岁月繁衍得匆忙
我也坚持了与命运一体的长跑
与汗水一起流失的不仅仅是悲悯和忧伤

窗棂的缝隙还是那么窄
为什么我再看不到千山万水
钢筋水泥的城堡堵住了我的风雨飘摇

思想者

这个时代　我已经给不出忠告
我的平庸导致持续的酣睡
光亮在另一层面　我并不道破
好让狂热的纱窗散去拖曳的叹息

就像一首诗使我那么为难
其中的隐喻藏在火焰之中
我看见沮丧离你更近
火焰对于我却渐行渐远

禁锢或者解放取决于天气
这在日历上并不是首次
许多的树木在风的腰肢下折断
年轮上布满了来历不明的伤口

当呐喊成为集体的怀念
火焰与我的传说像长出了翅膀
我实在拿不出一副秘方　治愈你的
左眼　你总是看见蝙蝠飞在阳光之中

明亮的图书馆
——致图书管理员博尔赫斯

明亮不是因为四周全是玻璃
在那类似于宇宙的穹顶之下
聚集着许多闪闪发光的星辰

走过布宜诺斯艾利斯湿漉漉的原野
穿过灾难深重的阿根廷大地
你看到时间和空间的轮回与停顿

明亮是可以繁殖的　在象征
和符号的神秘暗示之下
小径分岔的花园　人来人往

当然还有迷宫　脚被犹豫
你在真实与虚幻之间
凿空了穿梭往返的通道

明亮是可以赠送的
收回的只是视力　上帝啊
明亮已成为明亮的通行证

暗中视物这是诗人的本领
光芒没有什么可以阻隔　但可以
住下来　倦卧在书的字里行间

呼唤或者疗伤

诗是我呼唤心灵的方式
或者疗伤的灵丹妙药
我所有的表达都是心灵的需要
并打开生活的枷锁

一些盯着鞋前蝇头小利的人
沿着店铺　追逐着芝麻的蚂蚁
有的把脸藏在别国的护照上
可惜鼻子还没有外国人那么高
我是自己土地上的呼吸者
我是自己的天使
我在诗里瞧见了市侩的影子
玷污者心里塞满了石头

在这个物欲横流的时代
脸总是毁在自己的美丽
人类与臭虫一起生活
由来已久　我只是惊异
猫怎么越来越不是耗子的对手

我努力回避工匠的召唤
在驯顺中挑出一根根骨头
血淋淋的假象后面
正是我们全部的缺失

角　色

在春天　我还是个激情的射手
我把正义和热血压进枪膛
前面的靶子在我的视野里晃动
如一只困兽　已无力再次咆哮

我的血液伴着夏季的雨水
渗透进仁慈宽厚的土地
我的意志在黑暗中孕育着
经历了非常漫长的时辰

当我以一片叶子撑开枷锁
才知道我与地狱为邻
我曾射杀的靶子在冬日下
晒着太阳　云彩在歌唱

一切都不是原来的模样
我也不是原来的自己
旁边驻足的风告诉我
你已是货真价实的靶子

沙　漠

一粒沙子能硌得你眼睛流泪
一个沙漠能陷住你肆无忌惮的双腿
征服从来都需要坚韧和谋略
胡杨多年进攻也只占领了边缘阵地
沙漠担心高大的林木遮住了自己的容颜
只允许红柳　芨芨草　骆驼刺存活
以证明它还有宽容的器量
不准商量何时刮风
甚至讨论刮多大的风
你们能预知自己何时打喷嚏
打多大的喷嚏吗
它是沙文主义的故乡
我们的绝望正是它的狂躁
沙尘暴堵住所有想开口的嘴巴
我们进一步退两步
前行即后退
而后退早就变换了标尺

走到哪就是哪吧
沙漠里我们站着
就是底线

石榴花开

五月是石榴开花的季节
这季节黑夜正在走失
当时间领着一个人走向黑夜的尽头
根把时间引入地下
枝头是昨天的烂漫
镜子在纷乱中
逃回深处

我们看不见彼此
只有变形的影子相互遮蔽
我们通过黑暗走过黑暗
我们无声
助长了到处的喧嚣
如果我们还不显身
街道上互拥的手臂
也会指给你
另一条小路

是时候了
我们站在黎明之光中
一束火炬推翻了夜色的盘踞
为枝头的抒情成为经典
还原所有的真实
是挣扎的时间
成为钥匙

栖在高压线的黄鹂

黄鹂也会成群飞来
栖落在高压线上
以为是命中的五线谱
七只黄鹂踩着各自的音符

那是怎样的乐曲
使天空变得那么高远
没有别的鸟敢穿越这陶醉的血脉
拥抱即燃烧

这些与电流融为一体的歌手
缠绵于生命的绝唱
火焰伸展在翅膀
飞翔便是空虚

咽喉
即
天空

借我雷电

天空的云彩形成巨大的山谷
雷电在那里聚集　它诱惑着我
使我忘记了面前的陷阱
背后的悬崖

借我雷电吧
长期沉默的生活使我的脸过于苍白
我不再隐藏　雷电将替我说话
所有遮天蔽日的阴霾将被我摧毁

霞光将改变我的容颜
力量也伸展了我僵硬的四肢
如今雷电在我的额头上停留
漆黑的夜晚我就是耀眼之灯

迟云 的诗

被膨化了的种子不再是种子

正如祖祖辈辈延续下来的人类
每个人都有自己的血脉谱系
一粒玉米或谷子有幸作为种子
必定有它的父亲母亲和祖辈
遗憾的是作为作物的种子
既未曾与父母相见
也不能与儿孙谋面

于是，种子的心境开始悲哀
种子厌烦了单调而又平实的生命演化
种子渴望一种有声有色的生命
当听到一声嘶哑的吆喝
一抔玉米种子，在欲望的勃起中
决绝地走进爆米花旋转的炉膛

种子感受到了空气的憋闷与炽热
种子刚有了后悔的念头就失去知觉
仿佛是一声庆典的礼炮，宣告
转型的成功
种子在瞬间释放了自己
种子在瞬间辉煌了自己
种子带着一种食品的香味
丰满放大了自己

爆米花渴望新生
而被膨化了的种子不再是种子
春天的土地里，即使
雨水再丰沛田野再肥沃
爆米花也长不出一叶新绿

麻木已经成为一种常态的存在

冰封江河的时候
世界是寂静的
河边的蒲草芦苇乃至柳树
在枯萎萧条中失去了色彩也失去了声音
抑或它们压根儿只有气息没有声音
过去的聒噪都是风掠过后的吵闹
激情的青蛙蛤蟆冬眠了
在河边窥视的鱼鹰野鸭都飞走了
季节，以独裁的形式
    完成了玲珑剔透的覆盖
河流，在无奈的压抑中
    实现了更大的沉默

冰河解冻的时候
世界仍然是寂静的
一切都是沉默的状态
没有人能听到冰块消融的声音
迎春无声地开放
海棠孤芳自赏
那种骇人肝胆的驳裂之声
静默的山鬼水神听到了
水中的鱼儿泥螺听到了
但它们既没有对阳光表达敬意
也无意对自由表达诚心
它们已经习惯沉默
在沉默中僵硬在沉默中柔软
麻木已经成为一种常态的存在

潜伏者

打马而行穿过四季的山野

阳光随意地拉长拉近我信步由缰的影子

影子陪我听开花的声音听落叶的声音
影子陪我看鸟儿飞翔的姿态
影子仿佛永远是低调的
始终是我不离不弃的奴婢

无论是严寒的冬日
还是炎热的夏季
影子既不觉得热也不觉得冷
影子即使有天大的委屈
也从不说一句倾诉的话语

影子逆来顺受
却始终进入不了我的意识和身体
因为它是你身边的潜伏者
当你陷于阴暗的境地
影子必定是弃你而去的叛徒。

欲望，发端于美丽的设计

时值黄昏
我的灵魂躲在有些灰暗的角落
仿佛在喁喁独语

而阳光正透过云的缝隙
烧出晚霞的诡异

草地碧绿
有着田园独具的静谧
此刻，我欲望的花包袱
从唯美的天空款款落下
虽薄如蝉翼
却依然渴望扑捉到什么

一只灵动的猫快速地从脑际闪过
没有记住它的颜色
也没有记住它的眼睛是快乐还是抑郁
只知道它的爪子掠过地面
仿佛是为了逮一只自由的蚂蚱
无意中却走出一个梅花图案
且没有一丝一毫的声响

关于轻

云朵能把你托起
雪花就能把你埋葬
生命，就是白色的粉末
在波涛汹涌的峰谷间壮丽抑或平淡

一只工蜂乃至一群工蜂
它们有形而上的追求吗
蚂蚁在适合的季节忙忙碌碌
仿佛在思考着同一个问题

如果灵魂与肉体分离
最先腐烂的未必是躯壳
如果灵魂不死作漂移运动
不知道它们选择夜晚还是白昼

礁石在倔强地抗争
沙滩在耐心地吸附
潮汐过后还是潮汐
远处则永远是一片平静的汪洋

大道至简
大味必淡
又有一阵微风刮过
卷起一地岁月的柳絮和名利的鸡毛

嚣张与沉静

有的时候，我并不认为
花儿的盛开是展示一种美
在主观上它可能是释放一种嚣张
如果这种花尚不能结出丁点果实
则无异于妓女扭动的裙摆
艳丽，却流于恶俗的招摇

开放，是你的权利
从花瓣到花蕊
花朵的基因却往往透露着机心
有浓艳的有素雅的
有芳香的有异味的

更多的花朵默默无闻
但它们都燃烧着热烈
享受着自慰后高潮的来临

高潮是短暂的
所以花期也是短暂的
惟有籽实在阳光的抚慰下成熟
过程是绿叶掩映下的挣扎
结局是瓜熟蒂落后的沉静

惟有阴阳之门在冥冥之中等待

手术台上的每一具躯体
都是由皮囊包裹着的血肉与骨头
手术刀开始工作的时候
一种传递冷的声音，迅速掩盖了
　　他们体征的温度

此时，躯体已经麻醉
生命陷于沉睡
尽管血液仍在流淌
神经脉络仍在律动
但思想已经停止
灵魂开始挣扎

此时，大夫的右手被良知控制
左手被技术和运气绑定
惟有无影灯光照依旧
仿佛什么都没有发生
惟有阴阳之门在冥冥之中等待
不知是继续关闭还是选择打开

很难断定自己是否渴望燃烧

不知道主人去哪里了
一支香烟躺在灰缸上独自燃烧
升腾的烟雾是它的灵魂
留下的烟灰是它残存的记忆
未燃烧的部分则深刻地思考
陷于一种生与死纠葛的缠绕

一阵风吹来，掀动窗帘
也把飘摇的灵魂吹得无影无踪
繁琐的记忆散落在四周随随便便的位置
表现得肤浅而又苍白

假如我是一支香烟
很难断定自己是否渴望燃烧
我的灵魂将在哪里栖息安歇
谁的火柴能照亮我生命的隧道
思考的状态很迷茫
留下的记忆，也会瞬间
释放在有与无的哲学里

树不语，风也不语

正像鸟儿热爱蓝天
很多很多的人喜欢鸟儿

喜欢鸟儿的人们不是阶级兄弟
他们的喜爱充满巨大差异

喜欢声音的人沉醉于清丽的婉转
喜欢飞翔的人把梦想寄托于划动的翅膀

然而，麻雀不在唱鸟之列
聒噪的乌鸦不在唱鸟之列

蓬间雀也不在翔鸟之列
逐吃腐尸的秃鹫也不在翔鸟之列

在很多人的意识里
它们可能压根儿就不是鸟儿

它们是鸟儿的异类
异类的非完美功能异化了人们的思想

是心态强奸了常识
还是常识覆盖了一层灰色的记忆

树不语
风也不语

向以鲜 的诗

手影者

把自己想象成黑暗幸存者
想象成光明的扼杀者
其实都是一回事儿
心思叵测绵藏在掌握里

多少灿烂的青春或野心
被暗地里修枝删叶，被活生生
剪除怒放的羽翼和戈戟
现在，就只剩下这些

胡狼、山羊、灰兔、狂蟒以及雄鹰的
躯壳！它们在强光中变薄
比剪纸和秋霜还要薄
再粘贴到暮色与西窗上去

秋风一吹就会立即烂掉
所有幻化的黑，刹那的黑暗轮廓
均来自于同一个源头
惟妙惟肖的影子催生婆

掌上升明月，倒映着爱恨
反转着万种风尘
恍惚之际傀偏露了真容
影子派对还真是别开生面

夜幕呼啦啦炸开一角
华灯未亮，指间峰峦如点墨
出神的影子来来又去去
那些，掌控万物的谜底何时破晓

牛郎寄语

如果你们，真的想要幸福
真的想要爱情，想要欢乐
想要金的风，玉的露
那就从现在开始

从今夜开始，把我这个
虚构的情圣，你们用自私
和残忍虚构的银河情人
一口灭掉吧

灭得越快，越干净
你们，就离高潮越近
这也是另一个断线皮影
织女的心愿

我们在汉水两岸
承受虚构的痛苦，已经够了
可怜的人类，祝你们
过得真实一些，再真实一些

兰陵舞

实在是不忍心看见
我的仇人，我的敌人
倒在铁蹄与血泊之前
还被眼前一闪而逝的幻影
所迷恋：这遗世的美

白得耀眼，亮得惊心
比美人更美的男人
不是来诱惑你们的

而是来索命的

冰凉的铜质面具之舞
与背后的表情形成反差
多么奇怪的双重镜
你们看见了爱
我看见了死

就算是向生命致敬吧
请忘记我的假象
也忘记我伪善的怜悯
狰狞，才是世界的本质

枣核研究

寻常事物亦有神迹
玛瑙或微型的绛色塔
从落叶乔木中长出来
青涩的光芒，一直扎进
枣子最深的黑甜里

噙于口齿之间正好
上演益气生津的宛转杂剧
问题也就出现于此
反舌鸟总是噙着一枚
充满歧义的虚词

破晓时分，秘密的处子
已吐纳成枝叶扶疏的暗器
成熟的力量不易察觉
回味中的刺痛，令人想起
无所不在的生与死

我试图拼命嚼碎沉默的
枣子核心，却听见
坚胜金石的植物之风骨
发出异响：如同雪山
亮出黄金或苦修的隐士

月亮锄

高高举起手中的月亮

掘向黑暗中将芜的南山
榛莽齐刷刷断裂
潜行的长命蚯蚓
腰斩为数段

用炉火铸造的农具
耕耘大地的利吻
为何要学习天空中
那亮得睁不开眼
的半轮雪亮

此刻　陶渊明的浑身
跳跃着水银的节奏
山高月小春种秋收
手起锹落都是
一番风卷云涌的景象

开垦思想和荒凉的锄头
定要把高悬头顶
的神明之物埋进土里
即使生锈了烂成碎片
也依然闪着革命的诗意

那是因为月亮的魂魄
已镕进锄头的身体里
纵然遗忘在沧桑深处
做梦的龙蛇也会被
破碎的光芒惊醒

麋　鹿

月夜吐出大海的婴孩
只是一闪　像珍珠
戴着骏马的戏脸
从波涛之颠跃上星野
泣哭裹挟着嘶鸣
比空谷足音清澈百倍

四只蹈晦的蹄子
四朵错彩镂金的雪花
翻飞于霄壤之间
不断生长蘖变的犄角
如同森林闪烁的人生歧路

多重叠加的形象
似是而非的神学面孔
纵然灵感难以驾驭
叩问大地或时间的良心
消失即重现仍是古老问题

万木早已萧瑟
落叶哀蝉一曲　复一曲
迷途的身影踏向溪水
就在俯首临照的刹那
我瞥见甘甜乳泉
从枯槁的鱼洞涌出

犀牛鸟

犀牛拥有辽阔的领地
烈日、荆棘、泥泞
和夏天疯生的草莽
但这并不意味着
多么自由和惬意

如果没有这只鸟
这只轻如鸿毛的鸟
没有这只舌头一样灵
刀尖一样快的鸟
犀牛是痛苦的

更为重要的是
如果没有这时刻用尖叫
警惕主人的宝贝儿
庞大又盲目的犀牛
无法预见要命的危机

灵犀相通的忠诚战士
守卫黑色牛皮的非洲沃野
皱褶深处更多峰峦
蜻蜓巧点水　在独角尖
展现完美看家神技

捕捉一只凶猛的吸血虫
其成就感并不亚于
鹭鸶啄出一尾鳜鱼
或者云豹咬断
奔鹿的脖子

鱼　刺

这种美，彻头彻尾的美
已超过了所有比喻
活着当然很美
但是活着的反面，更加迷死人

用舌头、刀叉和一万年光阴
掏空每一个角落
每一根肋骨、尾翼和鳍
还有，每一寸柔肠

头脑是个不大不小的问题
这儿有点儿复杂
难以挑剔。即使是
一个不善表达的生命

依然显得不同寻常
错综交织之处
似乎隐藏着江湖
爱恋和痛苦的丘壑

"经过了一番深思"
肉体从来就是多余的
只有蚂蚁和蛆虫
用心描绘寥廓大地

一条毫无牵挂的玻璃鱼
现在，看起来更像一件冷兵器
插进岩石，刺入疆场
再也不会渴死

一度 的诗

屋 顶

父亲站在屋顶，接甘露的
雨水，我仰望星空
正好看见他弯下的臂膀

父亲死后，母亲在同样的
屋顶，炊烟修饰了她
修剪枝叶的身影，同样修饰了
屋檐下的残阳

三十年后，我站在屋顶
修暴雨后的残瓦
母亲从梯子上递来白泥灰
并递来破旧的声音：
注意！瓦上的青苔

透过香樟枝条，我仰望星空
有时是圆的，有时是锯齿状
有时看见父亲，有时又能
看见母亲在油灯前昏睡

这昏聩的时光，总在瓦片边缘
总是在贫穷的屋顶
打着转。在曾经饱满的粮仓里

汛期的暴雨，一旦冲毁老宅
若干年后，我看不见儿子
站着的屋顶。儿子也无法看见
我曾经登高之后的战栗

夏 至

独秀公园的清晨，树木不语
湖水不语，晨练者不语
湖里的鱼不语，被捕捞的蓝藻不语

此时，不应有离别之枯枝
不应有聒噪之鸟鸣
不应有青山含黛，不应有残阳泣血

在湖边，练习将自己扔出去
然后捡回来。重复数次
我都是新的，湖水也是新的

身体里的铁匠铺也是新的
陈铁匠也是
他记得昨夜钉马掌的人
去了远方，而忘记了赴死的良驹

夜 晚

脚下是被踩灭的尘土和秸秆的
灰烬，母亲从大岭
砍柴回来，她指着直冲苍穹的
秃鹰，"食人尸，掘人墓的坏家伙"

丛林有着被砍伐一尽的
虚无，松鼠有着生而为人的悲哀

散落的枯枝，像荒野无人
认领的尸骨，只有月光
是另一个母亲，她从不怨恨

将自己的光，与人分享

还有一次，我们躲在暴雨里
雨水让我们看不见彼此
你攥着我的手，"你怕不怕？"

这么多年，那个夜晚始终没有
将我们分开，只不过
我偶尔会问她，"你怕不怕？"

久　坐

书房久坐，我是一尊疼痛的佛
镜子里的白头
将昨天和今天一一剥离

有洞悉的星光，照着窗口
提灯笼的人
多在路口徘徊，他们分不清
何处是出口，何处是入口？

"你是猎户座的射手吗？"
"她散步都走出了一把手枪"
"这个年代，还有什么能够
辨别我们的忠奸？"

还有什么，将我们的离去
归咎于清晨的鸟鸣？
归咎于远处作鸟兽散的顽童？

我只是在古旧的书籍里
做线装的好先生
做繁体的家乡小吏，做红楼里的
一丝清风，白蛇传里的金山寺

暴　风①

暴风里的 98 个人，去了哪里？

今夜，他们不再是儿子
不再是父亲，不再是尘世的养子？

暴风里的梧桐树呢？入夏刚刚
搭好的鹊巢呢？那些弯腰过后的
垂柳呢？

"只有灾难，在祖国的画布上
写满揪心的痛"

废墟中不断的，窥见一个人生死
窥见未亡人臂章的白花
那些晨风中摇摆不定的风铃

难道《圣经》的不安影响过我？
难道钟楼上的致哀
涌上各色街头？难道暴风里
还有人从容地歌唱？

斑　驳

如何在狂风的摇摆中
找到自己的不安？
如何用插在垄上的枯枝
预言即将到来的无用？

你曾租住的房间里
如今空无一人。椅子用移动
暗示曾经的抵制
锈迹斑驳的匕首，它在
等待放手一搏的锋利

像锥子一样的人，无处安放
他的坚硬。他用柳树的柔软
化解江水的敌意
"在河边，你还会遇见？"

敲钟的人，自身响了三下
墙隙深处响了三下

---

① 2016 年 6 月 23 日 14 时许，江苏盐城市阜宁县、射阳县部分地区突发龙卷风冰雹严重灾害，多个乡镇受灾，造成大量民房、厂房、学校教室倒塌，部分道路交通受阻。截至 24 日 20 时，已造成 98 人死亡、约 800 人受伤。

遛狗的清晨，响了三下
铁轨边锈掉的站台响了三下

清 晨

清晨在他不获的鱼篓里
在他久违的走动里
在红领巾飘舞的榕树下
在他昨晚藏起的瓦缸里

在溪水边，我离它很近
却走得很远。
在纸张背面，它被磨细
却永远不会落下

晨练公园边，有人
收藏它。忙碌的站台边
有人拥挤着它
还有人，用虚度的光阴
消耗它

清晨在不惑的齿轮上
在尖尖的阁楼上
在列车驶过平原的惊呼中
在红裙少女走过的大街上

杨 絮

从絮叨的杨絮里走出来
从街巷的议论走出来
从颓废者养育的废墟走出来

我该怎样养活这些游魂？

这些软软的刀子
这些瘦下来可以追风的少年

我该是赞美，还是继续
活在诅咒的刀尖上？
我是像槐花一样坠落
还是像蒲公英，在畏死的旅途中？

在少女发梢，在白发者
的暮晚。在穷人屋顶
在高高塔尖，我用疏离和渐渐薄透的
初夏，抵制一切虚妄

黄 昏

残阳吞噬了小半个菜园
离别的青翠笼罩过我们

茄子暗藏的苦胆曾安慰我
厌世者都有尘世的悲苦

黄瓜刺痛了你失恋的
厨房，一个人清修

南瓜藤蔓上爬过来几个瓜
哪个是我最小的兄弟？

夕阳在瓜棚下越来越少
猫一截截露出倦怠的身子

蜻蜓和另一个自己追逐
只有边界的白杨
从不说出挽留，从不说出被灼热的痛

董进奎 的诗

水

压低自己
降至零度以下
怀抱剔透的剑
流言飞过
心趋于滚动
寻找寄生的洼地
季节提起扇子
遮住双眼，生风
你迷失于疯狂
相关的事物撕咬
沟壑豁纵横
如果加以点火
皮囊装不下沸腾的灵魂
蒸煮别人用百度以上的冷漠
套牢，宰自己于无形

悬　崖

崛起一次
就奠定了永恒的尊严
多少人的血
染红你
都走不出设定的皱褶与断层
拍打你凝固的思维
无论回声为你如何辩解
都流于虚无
你的伟绩便是竖起悬崖
等待坠亡？

阴　阳

答记者问确信
你最崇拜太阳的光芒
夜晚，你沿着阴沟爬上山巅
躲在巨石后面
把藤条挂在耳朵
捏住鼻子向月亮贼喊
太阳说你窃取了它光阴的糕点
月亮一愣
你把它淬成利刃藏起
逍遥等待
朔月日食那天的厮杀

还有爱犬

我的肉被私分
嘴滴血
挑剔毛发的滋味
豢养的硕鼠
在夜门之外安放夹子
我探望的头颅畸形
吐出先前吞下的一柄弯刀
银河那边
一定有位打铁的人
把恨深深淬火
我的魂魄陨落
只有那简单喂养的狗
静静守护我完整的骨头
不被偷猎

桌 子

四根骨头支撑着脸面
一张脸
面对众多的嘴
嘴沦陷
撕裂别人的肉
心泡制
酿一种药酒
风席卷
纵横百态
梦死，有人下跪
搂定桌腿啃食桌角
如同抱着骨头
吞噬自己方正的脸
桌子岿然不动
调侃一切发生
哭泣如刀宰杀桌面

埋 葬

四肢如筷
挟一腔苦难与荣耀安放
方正的巢总结不规则的一生
何去只有何从
时光狂野糜烂
不再存储
碗反扣
一切倾泻于地
让地狱的矿泉流经血脉
清润骨髓
用地狱的泥土重塑
一把地狱的火脱胎换骨
心尖裸露
不忘坠在空中的人
和尘世的俗

突 破

一次误入

注定与窗子热恋
突破是惟一的抉择
头颅奏响的鼓乐
零星而激荡
明净如空暗藏深奥
数次啼鸣成凌空
创伤镶满羽毛
有光伸出拯救的手
灰蒙的深空拔出冷艳的花朵
直到玻璃的锋喊出疼

路

也许我走在没有路的路上
两只脚丫时有分歧
也许只为着血液的热度
我的双臂挥动如旗
穿过目光的栅栏林
跨过笑意的野草丛
我知道我会迷路
在人潮簇拥中
也许迷失
是一种
捷径

鸟 语

在田野奔跑
张牙舞爪，呐喊
一群鸟旋舞
然后漂移
换一个角度嬉戏
支几根树枝
穿上旧时光褴褛的衣衫
风来，衣袂翩翩
一鸣乍起
作鸟兽散
一只鸟应用人的哲思
将我劈斩

火 柴

把纸叠起
曲折包住一团火
单薄纯粹
很多时
走在擦枪的人世
用折衷的温柔
枕住烈性的药
你会安稳

春 动

我把影子沉入池塘
扑捉漂浮的晨曦
风狰狞
吃肉不吐骨头
一件薄衣裹住一腔血
点点滴滴渗透
掩不住疼痛
崩溃充斥
池塘载不动
四处游走
痛压榨着
树枝挤出蓓蕾
痛分割着
蚁虫剥去外衣
我痛
影子咬紧一池料峭的诗句
问岸
可否听到碰撞的深层

杏子熟了

沉寂中收割
太阳的光芒捡入囊中
攀爬,充满累卵之势
接近天宇
招惹采摘,欢喜

最是一只手插入腰肋
剧烈晃动
杏之殇,凋零成泥
砸开人生
没有逃离苦仁之核

兰花之死

总以为
我吃过的、喝过的没有毒
验过的与一株兰花分享
都很肥
吐出它珍藏的花
催生我梦中的蕊
而命运任性
露珠破碎,掩不住
分分秒秒把枯萎推上叶尖
逼临深渊
有人说兰花之死
与我的病情有关
我已中毒
君子之蛊
我必须原谅世间

彼 岸

安抚住夜的脆弱
烟雨踩在屋檐
以坠亡的决断敲起木鱼
超度天际辽阔淤积的空
水管熙攘
这是必经的暗道
当你笑出第一道涟漪
两岸夹击
向左或向右,疼痛成就一条河
泥、沙、石俱下
被切、被蒙、被掌控
你的岸潜伏于远方
也许,突如其来的一场旱
此和彼哗变
我独守此岸,此岸即彼岸

李先锋 **作品选**

诗书画

NO. **50**

2016年9月

主编◎阎　志

卓尔书店

李先锋
LI XIAN FENG

　　1960年生，山东省荣成市人。中国作家协会会员，中国美术家协会会员。八十年代初开始在《诗刊》、《诗选刊》、《星星》、《诗潮》等刊物上发表诗歌，出版诗集《星星河》、散文集《小镇轶事》，曾参加诗刊社第五届"青春回眸"诗会。美术作品入选第九、十届全国水彩粉画展和第二届全国小幅水彩展。

LI XIAN
FENG

眩　惑

早春二月，乍暖还寒。
岩石上两只海鸥抱紧了身子。

迷茫的眼神，在
汹涌的波涛上东张西望。

不是所有的事，努力就能办到。
在这茫茫的海上

就算你把心淘出了血
也别指望能把大海淘干。

欲望是一头永远吃不饱的野兽
到了晚年，才想起禅师说过的谶语。

欠债总是要还的。熬成白骨
也要把骨头与汤一块喝了。

自己熬的，爱不爱喝都得喝。
春天就是那个抱刀问斩的人。

其实春天又有什么了不起
身体里已经罹难的部分

纵然千刀万剐
也没有办法让它开花结果。

岩石上两只海鸥，抱紧的身子
在晚风中微微摇晃。

背影

初雪

晨沐

锋 2016.2

巷那边是海

光阴

回家

寂静

嘉鱼旺

烟墩角

古村新雨

风雪天鹅湖

正午

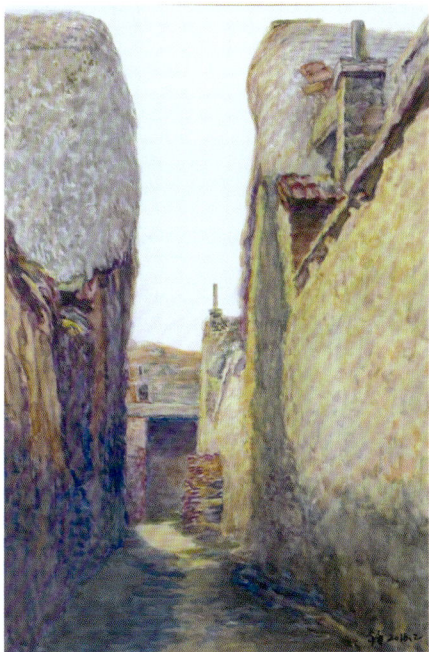

老兵屯

又见扁豆花开

雪落无声

相伴

暖阳

岁月

雨季

童年

金秋

巷口

神堂口

开花季节

诗书画

POETRY CALLIGRAPHY PAINTING

Zall Bookstores Pte. Ltd /卓尔书店 出版

9 Temasek Boulevard, 31/F Suntec Tower 2, Singapore 038989

电话：(65) 6559 6223 / 6224

传真：(65) 6336 6610

ISSN/国际标准期刊编号：ISSN 2315-4004

Title/刊名：诗书画

Editor/主编：Yan Zhi/阎志

Frequency/出版周期：Monthly/月刊

Date Of Publication/出版日期：2016年9月总第50期

Language/语言：Chinese/中文

Email/电邮：zallsh@163.com

Retail price/定价：S$5.00

暖冬

诗书画
ISSN 2315-4004

张鲜明 的诗

ZHANG XIAN MING

围 困

一开始，只是觉得好玩
我在天上划了一下
又在地上划了一下
没想到
突然起风了

田野鼓荡，蚂蚁奔跑
青蛙呼叫，蟋蟀吹起口哨
螳螂拖着肠子，蚂蚱在屎壳郎的屁股上弹跳
青草燃烧，田野翻卷
天空
是燃烧的纸片
一块一块
旋转着
往下
掉

怎么会惹出这么大的乱子？
我骑上田鼠
悄然出逃

虫子们还是认出我来了
它们化作漫天乌云
步步进逼

我说："是蝴蝶把风带过来的。"

虫子们一言不发
它们瞪着眼，满嘴白沫
从四面八方
围了上来

到丰都上访

表哥回来了
他脊梁插着七七四十九把瓦刀
（多像豪猪的鬃毛）
他脖子上晃荡着上吊的绳子
（多像老板的领带）
他穿着麦秸做的衣服
躲在他父亲坟边的枸树底下
以旋风的姿态
徘徊，徘徊

表哥说，他回来躲一阵子
然后就到丰都去上访
他想让阎王爷替他把工程款要回来
他说："一定把兄弟们的工资发了，
我说过，让大家跟我一起发财。"

念念叨叨的表哥，最后红着脸
向我伸出手来："借我点路费，
等事情办妥了，还你。哦，还有利息！"

我给表哥烧着纸钱
刚一点燃，那黑色的纸灰
立即朝着西南
呼啸而去

表哥啊，你慢慢走
通向丰都的路
山高水远

骚烘烘的田野

看着看着，油菜、豆子和麦子
跟着麦收的人
走了
田野的衣裳
一层一层
脱光
田野说：
我想怀孕
我想怀孕

看着看着，玉米、绿豆和红薯
跟着秋收的人
走了
田野的肚子
一点一点
瘪了
田野说：
让我怀孕
让我怀孕

骚烘烘的田野
让太阳羞得通红
连土拨鼠都躲起来了
可她依然扯着嗓子大叫：
来吧——
播种！播种！播种！

吃

老王从田里回来
走到村口，突然打了个寒战
乌鸦捎话说：
"你家的田，要吃你了。"

没过几天，老王家的田里
鼓起一个坟包，就像
刚刚吃下老鼠的蛇

又过了些日子

那崭新的坟包上长出一棵小树
老王家的田嘟嘟囔囔地说：
"刚吃了你，你就反过来咬我！"

那棵小树笑得浑身发抖
就像一个不知羞耻的
啃老族

猫头鹰说

在村头，猫头鹰喘着气说：
"村庄烂了。"

猫头鹰还说
房子把村路咬断了
村路把池塘吞吃了
池塘跑到天上了
天空把水井喝下了
农具和牛槽跟灰尘一起飞了

猫头鹰接着说
村里那棵孤零零的
老槐树，伸着爪子
抓它，想把它
撕撕吃了
它就赶紧逃了出来

村庄在猫头鹰的身后
张大溃烂的嘴巴
在神秘兮兮地
嘟哝着什么

猫头鹰啊
村庄
在说啥？

尾　巴

树木和野草
在故乡的老屋前
公然绞合
它们要合成一根绳子

我转身欲走，绳子
一把拽住我，严肃地说：
"你竟然没有尾巴。
来，我给你一个！"

我的背后一沉
屁股上晃动着一条
有一万个高粱穗那么大的
尾巴

我用吃奶的力气
想甩掉它
那尾巴
却越来越大
就像一面迎风招展的
旗帜

这么大的尾巴
想要夹起来是不可能的
谁能给我做一个手术
或是想出一个藏匿的办法？

树在天上

想象不到那棵白果树
如今在天上的模样

它在村头的时候
树洞住着仙家和蛇精
树枝栖过凤凰
树梢有沙子一样多的鸟
树根卧着脸盆大的蟾蜍

有一天，树倒了
凤凰带着群鸟飞走
蛇精噙着蟾蜍逃跑
仙家是自己走的
跟拆迁户老戴说了声：

"这些年，多有打扰！"

临终的老戴说
他看见那棵树在天上
树对他说：你升天的时候
顺便捎一把谷子，看能不能
在天上种出一片
庄稼

与旱魃战斗

旱魃又一次现形

他来的时候，天空
像不孕症患者的子宫

这个秃头妖怪
在庄稼棵里奔跑着
一边尖叫，一边泼洒烈焰

没人在乎你了
旱魃啊，人们忘记了
祈祷的仪式，他们只懂得
掘起机井跟你战斗
大地是弹夹
他们甚至动用飞机

旱魃啊，我是想打垮你的
可是我知道，你有着
奥特曼一样无穷的
能量，我只好跟
颤抖的庄稼，趴伏的老屋
还有哭瞎了眼的老井和池塘一起
呆呆地躲在
你们战斗的地方
就像一群不知所措的难民
紧张地
东张西望

帕男 的诗

路过一棵棵麻木的树的面前

渴望麻木　路过一棵棵麻木的树的面前
突然发现
麻木的伟大之处
老人说　树大了会招风
那树小了呢
我亲眼看到过　被牛马践踏过的
九死一生
麻木　是针对活下来的这些树
这些树
把麻木当成了必修的功课　而我的好动　会导致
遍体鳞伤
麻木　也许是实质性的
也许只是一层涂料
也许什么都不是　这些树
已经看破了
所谓红尘　也许什么也没有看到
见风是雨的树也还有　不是一棵两棵
我总想起
我躲不过的是是非非
像卡在石缝里的那条小鱼
水错在哪里　石头错在哪里　我又错在哪里
不能说被砍或被砍倒的树都是无辜的
世界上无辜的东西很多
矛和盾　箭和靶子
一旦树
过于坦荡　过于耿直　过于直言不讳
肯定招致世风
这正演绎
木秀于林　风必摧之
这个成语
再说到树麻木

看来只有麻木　才是生存之道
至于那些暗香　那些春笋　有时候还有我的蠢蠢
　欲动

我和一枚古钱币的际遇

我向城池投掷　那不是诱饵
是一枚古钱币
让其回归
大唐的市值　我是一个十足的钱盲　一杳钱
至少要数个年把
一直以来
坚持　已经把那一杳钱的水分
挤得干干净净

尽管是一枚古钱币　它完全影响到了我的整个睡
　眠
我想不起是谁遗落的了
而且担心
一旦因我贬值
睃一眼　那钱币上的大唐
要比我深受现实的一踹
生疼得多

我羡慕吹拉弹唱的人　也说起钱
尤其说起钱的来路　不像对待他们的身世
以及　《山坡羊》的曲牌
他们很爱
把唐朝演绎得像那一枚古钱币
厚重
而又充满了不尽的忧伤

做旧的木器

做旧的木器　不配用怀念这个词
做旧的木器　一定会出现在各种年代戏里
做旧的木器　只能作为虚假的历史背景
做旧的木器　无法掩饰青春期的叛逆
做旧的木器　仍然属于木器一族
做旧的木器　非要抱病后才能归类于上品
做旧的木器　不但能博得无数的眼球
做旧的木器　仿佛让我如临大敌

我更情愿流落在民间

我会重复很多坐姿　这些坐姿代表多大程度的忠
　诚
每个人　如果都像我这样
不用发誓　我本来就没有承诺过
我要忠实于我的肉体
灵魂和肉体
这对欢喜冤家
本质上和昼夜无异　我更情愿流落在民间

一亩三分地　这不完全是数学的概念
而是诉求　甚至是阶级立场
要想心安　首先要学会拓疆开土　但不是王国的
　概念
其次要把自己视作人民
在和谐共生的前提下
呐喊　撒欢
让肉体　全心全意地服务于灵魂

我从来都是这样谦卑的坐姿　偶尔有次把
坐立不安　才会扭曲
但尽可能让内心　正襟危坐
我相信　我的举止仅能影响　在民间　像一声布
　谷鸟鸣
掠过之后
才发现不仅仅是春天
已露端倪

另一只昆虫的世界观

宽容要比纵容好多了　给他一个大的房子
给他一个容下整个想法的穹顶
给他灵魂出窍后
可以藏身的地方
我也有苍生　我的苍生
是那些和我并不朝夕相处的蚂蚁
除了我要喂饱他们
我还有监护的责任　到底把蚂蚁世界搞乱的是谁
住大房子的
他不会　蚂蚁占不了他多大的便宜
关键是
蚂蚁也不愿意去
他也有他的苍生　顾不顾
看不出
只是他很少出门　他可能在酝酿
每天都要酝酿出
一个世界
仅凭他　都是大同小异的结果　一日三餐
还有继续酝酿
一个酝酿出来的世界
总是要比现实的世界大得多

包括某台机器的朝向

他不作声了　他忙于活计
我的活计　偏要每天作声
我理解那台机器
理解那台机器里的一个零件
零件是不能作声的
零件和零件之间
也不叫勾结　如果非要我给机器和零件关系定义

被赋予思想的机器很少
面条机能说会道　也是一个传说
面条机每天都饿着
想不起自己还存在着　他也只顾自己干着活计
他还不老就让我开始感伤了
这样下去
他迟早是要老的

老了的机器就好比
那墙角一处的荒芜　此时
我想起了
饱死眼睛饿死雀的　一句云南俗语
他更不作声了
只顾埋头忙于他的活计
我还是老样子　每天按部就班地作声

一片羽毛已经足够伟大

我可以动员一只鸟　只要舍得一片羽毛
因为一生的经历
踟蹰可能远远多于飞翔
不要把飞翔挂在嘴上　更不要写在书里
我读过的诗句
感人的也很多　也有让我泪流满面的
当读到飞翔
我就会忍不住　扑哧一下
笑是一剂良药
这是悲伤凝结出来的
像恶结出恶果
所以　休想以新欢替代旧爱
也休想以飞翔代替跋涉
舍得一片羽毛
不等于非要践踏　一切飞翔的结果
践踏　将使所有的诗句
万劫不复　一片羽毛已经足够伟大

生死枯等

是时间消遣了那些树　其中的胡杨
还在枯等
肥而不腻的历史
总在现实的桌上
每一个人都是饕餮　都有可能张开血盆大口

为了挤占
明天的某个席位

行走是顺应　在面向不同的方位
不可能到处都是潮流
也包括逆向的时间
胡杨的枯等
只是为了顺应自己
既然是阴谋　就不可能告诉别人
宁愿演一出
苦肉计

时间饱蘸着深情
以溢美之词
笼络着时间　以掩护历史的敷衍
胡杨是理想的
看不到世俗的判决
因此默认了
在寂寞世界里的生死枯等

回家的路有点远

它就是故乡　在相框里
年　像讨债公司
一天比一天逼得紧

说好今年要回家
可回家的路那么多　走哪条
哪一条都雍塞着太多的愿望

故乡是一道题解
到底还要求证什么
是年的味　还是故乡的味

路太苦了　苦到想笔直
却佝偻
为何还要让　怨声载道

幽兰生馨 的诗

迟暮的美人

木讷的美人蕉，摊开枯瘦的手掌
把玩潮涨潮落的江湖
她有些焦急，愤懑
连跺脚的力气也没有。哮喘，胸闷
指点江山的日子已经过期
夕阳的余光退至屋檐的脚趾
欲语还休

枝头上趾高气扬的青春，哪儿去了？
蜜蜂和小鹿迷恋过的春天，哪儿去了？
那些悲喜交加的爱情呢？
想起这，不由恍惚了一下
远处，苍鹰翅膀下的悬崖还在
顶撞帆船的礁石还在

北风撕破山村的寂静。迟暮的美人
半壁江山飘摇不定，她叹了口气
把头靠在身后的一棵枣树上
聊以自慰

错　爱

那两颗心跳着，怦怦
只差一毫就从深深的心海
蹦了出来

汹涌的爱情，心急火燎
抵达孤岛。烈焰翻滚冲入云霄
星星失色沉于水底。鱼群缄默
一堵墙隔绝了浅吟低唱

任性的蜜蜂把花粉沿路播撒
路人纷纷投来惊诧的眼神
当孤岛再次成为另外一座孤岛
无人能解开疼痛的方程式：
左眼，不见落霞与孤鹜齐飞
右眼，只有琴在哀嚎
瑟却不知所踪

今生，在小桥流水处等你

这一生，我只豢养春风和流水
放牧白鸽和羊群
这些诗中支撑的意象
饱满得像你光洁的额头

我扶着临水的栅栏想你
如果下雨，你会不会是那步雨后的红莲
踩一支采莲的小曲，循着蛙声而来
你的目光会不会从那条古老的小巷中移出
脸上的哀怨散去，只有活泼的阳光在跳舞

可你不是红莲，也不是怀愁的姑娘
是我安枕的一帘幽梦
是容我驰骋万里的如画江山
我从花园提炼玫瑰精油滋养你
从大海采集浪花慰藉你
从草原打下猎物犒劳你

亲爱，我只想在小桥流水处等你
（小桥驮起爱情，流水用来保鲜）
朝也等，暮也等
直到岁月的犁一道道划开你的额头
直到把你等成，挂在心板上的一幅水墨江南……

幸福的闪电

苍白的夜。我借不来
高山与流水
身边也无琴可抚，无筝可弹
只有大片的烟雾在氤氲，围拢

起身问天空，索几斤杏花雨
煮一盘相思的豆。电话连线
只隔一苇。没等你张嘴
脸颊上，飞来两朵害羞的云

幸福，是一道闪电
直刺吐蕊的眉心

一场误入春天的雪

是什么绊住了你的脚步？你不言语
只是静静地落于掌心
柔若无骨的身子。我不怪你的姗姗来迟
只是不知道如何阐述酝酿已久的情思

想让麦苗替我说出惊天动地的白
想让种子替我说出缠绵悱恻的黑
在热切中犹豫，在犹豫中矜持
罢了，罢了，乱了方寸
一件平静的外套遮不住波澜壮阔的海洋

心似狂潮。一场误入春天的雪
在空中狂欢，忘了归期
白茫茫一片，如若
太阳继续沉睡，那么就不会有残雪消融
一旦它睁开，哪怕一只眼睛
谁也逃不脱粉身碎骨的命运
——这多么像，像一场狂热而隐秘的爱情

在这个春天，有些事我三缄其口
但仍有一些秘密
在一首诗里走漏了风声……

点燃的香烟

一支香烟被点燃
烟头嗫嚅，火光闪烁其词：
一半被梦想挟持，推向远方
一半被现实绊倒，跪在原地

一个人盘坐夜色，烟雾躲躲藏藏
泄露心迹。在嘴唇的一张一翕之间
化为一阵阵青烟飘散。燃烧过的灰烬
如同人的骨灰几许……

鲁莽的豹子踢开栅栏

白露之后满树的石榴拥挤
艳煞眼睛，搅动一池秋水外溢
凉气紧逼在梅雨季节里就发霉过的骨头

一个被爱情遗忘的人，拧不紧
生锈的水龙头。水声不厌其烦地
滴答滴答，与午夜的钟声
是一对连襟，一个鼻孔出气

月光披着暧昧的外衣，摇晃一个人的身影
一把锁探头探脑，在等待掏出心窝的钥匙
鲁莽的豹子踢开锈蚀的栅栏
红润的苹果假装含蓄
石榴的水晶，无需着色

他捋着韭菜般疯长的胡须，耳语：
玫瑰，是一粒子弹穿膛而过时
溅开的血色的花……

熟透的柿子

悬崖边的柿子树，任脚下的泥土
被抽空，依然亮起红的灯笼
以眺望的身姿，错乱蓝天的深邃
侧听蜂鸣，仰观蝶舞

重山远水，隔不断思念的飞絮
橙柿的心房，深藏鲜活而
寂寥的故事。多想触摸你的柔软
守着你，在风雨飘摇中
一颗静如止水的心

在纷繁的人世，任人肆意拿捏你的软肋
饱满的汁液，哺养一群坚硬的石头

刺　绣

四月的心事像竹笋
破土而出
我是从故乡走出的孩子
镰刀举过头顶
随时收割来自云层深处的暴雨
脚下踩着高跷
在绣盘上采集太阳洒落的光芒

绣对翅膀
灰色的日子就红起来
绣缕春风
凹凸的脸上就碧波荡漾
给空旷的内心绣上草原和马
再蓄满一湖春水
立刻呈现
一派生机勃勃的景象

一针一线，绣出
鸟语花香，鸡鸣狗吠。绣出
滚烫的泪水，沉默的村庄

长岗山里的风

长岗山里的风，居无定所
喜欢做些小动作，偶尔牵起你的衣服
玩游戏。捉迷藏是她的拿手好戏
任你东躲石头背后，或西藏于山的脚下
她从头翻到尾也要把你揪出来，悠哉地

晾在一旁，再背地里偷笑

她一脸素颜。闲时到处串门
时常跟竹叶摩拳，与杉叶擦掌
跟枫叶挤眉，与桃花弄眼
还跟山羊挠痒，逗得它伸长脖子
"咩咩"直叫。还喜欢小题大做
别人说的坏话溜进耳朵时
她横挑鼻子，竖挑眼睛
委屈得不行就哭得惊天动地

长岗山里的风，说来就来
随即又无影无踪
就像山里喜欢耍性子的小女人

竹子自画像

似乎整个江山与我无关
在长岗山，只欣赏风花表演的戏曲
雪月带来舒缓的时光
善于抒情的星星，调皮地眨眼
亮得像山里孩子的眼睛

竹鸡和斑鸠经常来串门
寒暄之后，坐下来喝茶聊天
我们不谈金钱与利益
名利场不属于我的天空
血液一旦被贪念堵塞，引起的疾病
成为一辈子拔也拔不掉的痛

马匹的足音，响彻在倔强的风声之外
早已踢翻了大阴谋和小陷阱
近处的牛羊在啃噬青草
它们不管不顾地爱着
就像山里男人和女人的爱情

如果哪天，神请出了花朵无数
祝福吧，我盛大的爱情来临：
即使下到十八层地狱，也要留下
用生命爱你的证据

张作梗 的诗

ZHANG ZUO GENG

遗　迹

这是一片为草叶压垮的天空。
这是被一粒稗子挤破的谷仓。

这是一个辘轳，已被水磨破。

这是一扇风腌渍的窗子。推开它，
可以看见对面山上
正在雾中化缘的
寺庙。

春天，我学会了遗忘。
学会了许诺——对那永难兑现之事。

噢在一册浩繁的夜空，
我阅读过多少星星的故事，
现在，除了一张月亮的插图，我已记不起有
多少流星从我脸上滑落。

这是被蚯蚓拱动的
一块碑石——它曾像梦魇，
压住我年少丧父的失眠。

这是一片瓦，已被雨蛀穿。

我所经历的暴风

它喝倒彩时爱鼓掌。但不是用手，
而是用树叶，或遍地生长的
植株的
影子。

它的手被借走，挪作他用——
如果你在午夜看见门楼被搬走，那是它的手；
如果你翌日醒来，
发现早报的第一版开了个天窗，
那还是它的手。

它是一个大碾盘。
它磨碾出的哀歌阴沉、
压抑。十里八庄都是被它强征而
阉割的播放器。它们被迫播放
它的无脸的头，
它的毫无逻辑的身体，
它的朝令夕改的律法。

——它的行旅本就是一部恐怖片。

从残缺的文字中提拎出一个死去多年的作者的
　　心跳，将其杀戮，
并插上草标游街示众；
它鞭尸，石臼中走过惊蛰和刀疤客。

然而它不是惟一潜伏在草丛中的阴影。
太阳的绞索从天空垂下，
炽热而令人渴慕。

它喝彩时爱吹口哨。但不是用嘴，
而是用吹软玻璃的呼吸
或强行掠过女墙的电弧光。
它的嘴被挖成坟墓，
像一个拦路贼，
埋伏在你或迟或早必得经过的一条路上。

哀 歌

被监听的名字。被监视的
一张失业的白纸。

我们灵魂的猫眼，被封杀。
我们的天空，被鹰隼引用；复又被星星炒作。

我们从未说出的话，
在另外一群嘴中刊布；
我们丢失的诺言，
在我们心上长出疖疤。

风，吹来了失踪的
大地，和
雨滴。

我们丛林中的大象，被驱赶进坟墓。
我们河流里的
鱼虾，被斫断尾巴。
春天提出了那么多花朵的问题，
而秋天的果实并非答案。

我们躲进我们心中。然而，
我们的心被抄家；被再次抄家。
最后，被贴上封条。

某个夜半，
我们从水里钓起一座灯塔，
那里面，
住着一具倒立的尸体。

春天之痒

春天不适于被提问，
尽管土中举出了那么多小草之手；
不适于安装测谎器。

不适于偏居一隅。
不适于从心的宴会厅出来，对着月亮小便。

不适于弹劾。
不适于印成传单，散发到结冰的塘面。

一道弯曲的
电流，凹陷。
一个被屠宰的词，自草木灰中复活。完全的
盲目，
不是来自无知，
而是出于无所适从。

春天是最大的屈辱和
最小的安慰。

旧枝上的新叶，我不典当。
新居里的旧人，我不恭贺。
我渴望那些我永不能得到的。
我在昨天与明天之间，
绾上一个今天的死结。

很好，雪融化，大地又有了它的新去处。
很结实，那被钉死的棺椁。
很法制，那桩春天的无头案。

供给制

给语言一顶
帽子。
但是，给花一根血淋淋的绳索。

给放逐者几枚思想的小费，
但给他们的思想一座壁垒森严的五七干校。

给远在西北偏北的菩萨一个贴身的
侍卫：大字报。
给近在身边的右手：
一本血红之书。

——鸟翅，
被太阳烤成薯片。

继续给。给一棵猕猴桃树108只猕猴，
但不给桃——

给灵魂一顶尾大不掉的
肉体的帐篷；然而唆使风常常将它
咬破，撕碎。

一律制式的瓦钵和
肠胃。批发疾病，
但药，必须按高矮秩序排队，
才能领取。

火柴盒空了。一口薄棺木，
赐给一只刚饿死的
蛐蛐。

石子像一只水鸟，旋带起水雾，
但依然拽不住自身的重量，
沉溺塘中。

葬礼进行曲

春天，我们抬着结冰的水，我们送葬。
我们把水埋进河里。
河伯跳大神，巫婆扶乱乩，
我们裹着雪花的缟素，
将嘴唇葬进河一样深的沉默里——

用风的乱绳索，把
四个方向绑紧，我们抬着天空，
我们送葬。
我们将天空埋进漆黑的夜里，
乒乒乓乓，钉上星星的大钢钉。

轻些，我们的嘴唇
是捻不到一块儿的两个线头。我们的心，
是两支点在灵堂前的蜡烛。
我们连翩送葬，

呜咽找不到喉咙，

悲伤已丢失对象。而现在，空如
坟场的田野上，
一群麻雀用聒噪抬着稻草人，抬着
一具草做的棺椁……
它们送葬，它们送葬，
它们把稻草人埋进一场春末的野火。

醒悟录

突然看见树林背后的火车，
像一只惊弓之鸟。

突然看见山冈上盐粒一样发光的、
父亲的坟冢，
——当我埋首莳弄薯藤，偶然探身的时候。

突然看见石头流泪；
泪水站起来，比时间古老，比石头更坚硬。

突然看见妆奁盒里一张女孩的照片；
相纸发黄，但笑容依然清纯。
——那是我的母亲。
那时，她还没有结婚（据她说，七年后才生下
  我），
模样儿和我儿子的年龄相仿，像是他的姊妹。

突然看见一只废旧的铜锁——在我清理
工具箱，稀里哗啦倾倒出
一堆杂碎儿的时候。
我一瞬愣了愣。
这只曾秘密挂在祖母红木嫁箱上的锁，
到底是何时，像一尾鱼，
游进了这被人遗忘的所在？——而我记得它有
一把耳勺一样的铜钥匙，
曾被祖母，一层层，裹进湛蓝的丝帕中。
（而今，祖母逝去，那
钥匙不知所往，成了一个谜。）

一轮新月，它俯瞰过无限江山
却无法照亮内心的裂缝
和籍贯不明的乡愁，我的部分青春
还安然于摇曳的月辉，另一半
却在同一个世界形神松动，独自细碎和忧伤

——《外省的月亮》

一滴水也会疼痛 〔组诗〕

□ 邓诗鸿

大江东去帖

大江东去……聚吴风楚韵于长江之腹
夏商殷周，赋"乾道变化，各正性命……"
秦皇汉武，铸"野无遗贤，万邦咸宁"。

吴楚的风，汉唐的月，眉批着诗经、周易
楚辞和汉赋；吐纳千年，内外兼修
又上善若水，厚德载物——
此去：长风浩荡，千山渺渺，万物俱寂
君子随流赋形、澹泊明性，百姓潮起潮落、
逆水行舟，黯然于一江烟火……
楚辞作为河床，汉赋是适合凭栏的后院
《九歌》、《天问》、《离骚》、《九章》……
巨浪掀起，令群峰俯首、万世吟咏
"路漫漫其修远兮，吾将上下而求索。"
但壁立千仞，群峰高耸，万壑危崖
让屈子形销骨立、浮世独醒，领受
旷世的孤独与悲愤；离去，又怆然顾盼，
怜惜苍生；傲骨和泪水拔节的声音
让江水，又悄悄抬高了几分——

江水继续在涨。它从雪山奔来，劈开浮世
携带着朝露，去日苦多；打湿杏花春雨江南
打湿英雄的铠甲，和王冠；打湿青铜之尊
五行之器、兴亡之鼎；也打湿浪遏的飞舟
青花的祭酒，虚拟的故国，和凌霄一赋的诗篇
故垒西边，小乔的羽扇，缠绵着周郎的纶巾
舟自横，人伫立，剑自空蒙……

有爱焉识，雨雪纷纷；但为君故，沉吟至今
词语的硝烟，压弯了流水，和三国
内心的暗伤，在哪一片浪花中蛰伏、闪躲
江面上还有什么在放浪……？一叶苏子的醉舟
踏着虚无的韵律，借一曲《念奴娇》怀古、讽今
一定还有不为所知的命运，被一条江无限拉伸
半江弱水，目睹你华发早生。入地千丈，
却无处藏身；红尘千年，却入世无门
只好寄居于半江渔火，一身清霜
和一劫余波，吟诵着《水调歌头》
谈笑间，失手将一江宋词和惊涛打翻
而一场浪漫主义的宿醉，是否约等于
两行秋雁，一枕遗恨，和一弯残月？
千年的长风，吹动乡愁的雁阵，炊烟的马蹄
也吹动金盔甲胄、铁马征衣
吹动缤纷的月色，和星辰；吹动一座山
嶙峋的傲骨，一首诗的典雅，与怜情
让一条大江的柔波，从此空留遗恨
"极目山河空泪血，伤心萍浪一身愁。"
殊不知千古英雄，早已被江水——眉批——

君不见大水汤汤，烟雨微濛……
关于流水与天门的纠纷，这属于千古闲愁
一阵阵温柔的碧波，于天门中断处
未经许可，便纵身一跃，慷慨赴死
仿佛闪电，和雷霆。中断的流水
在楚江次第打开……；惟楚有才，于斯为盛
这是荆楚大地的气魄，与胸襟；孱弱的流水
泣血的嘶鸣，仿佛词语锻造的黄金
——在低处提炼真身。它的铮铮铁骨
和石破天惊，从此认识了渺小的巨大

山水即吾心。多少青山和诗句，踉踉跄跄
扑向流水，抵达一个个看不见的内心
就像此刻：我感到大地微微颤动一下，一颗心
也跟着颤动了一下，润物无声的力量
成就边塞笙鼓，汉字的马群；成就
渔舟唱晚，和苏子的词牌；也成就了
念去去千里烟波，暮霭沉沉楚天阔……
一朵浪花轻轻跃起，又复归于平静
大地上依然人来人往，不惊动一片月色

一阵涟漪与一片惊涛，被安排在途中相遇
他们手牵着手，从不分离，构成了辽远的故国
和大地；波光潋滟，岸芷汀兰，当时光轻启
万物俱寂，美与美在交织，心邂逅心
他们互为锦瑟，和琴弦；如果我按下心跳
长江就停止惊涛，诗词中的留白
必将被一行白鹭所替代，一行白鹭
不知楚汉，和魏晋，代替壮阔的高天
拍打着唐诗的帝国，和宋词的落日
如果我说到乡愁，江水便停止汹涌、浩荡
一尾鱼，深陷于一汪古典的流水，探出头
露出浅浅的酒窝，和受惊的双眸
于苍茫暮色中，劈开潮汐，溯流而上——

请原谅我的迟到和无知，一条江已经代替我
守望千年；我来时已躯壳残破、满目苍凉
风吹江山，风吹浮世；也吹动你，和我
一颗逝去多年的心，开始定神
在词语中，调试着吴风楚韵；我试图模仿流水
闪了几下；当红日跃出天门，一缕霞光
瞬间就洞穿内心的红尘；随后又拐了几个弯
踉跄一下，但灵魂在不断漏水，伤口在崩岸
我已然无处藏身……幸好有私自下凡的明月
陪我品长城、登泰山；沐长江、临瀚海
"白云深处宿，一枕玉泉声"；偶尔桂花沽酒
竹林结庐，独钓寒秋，坐等远游的归人
我知道："朋友，要用一生才能回来……"
这高天壮阔之地，我生来是你的浪花、倒影或梦
　　境
借此明月东升，鱼跃龙门；作为冒名顶替者
多情应笑我，华发早生；当我捧着你的楚辞
或者汉赋，深深地跪下去，上阕仍然姓唐
下阕依旧称宋；秋风犹在，芳草纷飞
苏轼的大江，依然在拥吻着李白远去的帆影……

星垂平野阔，一望大江开……；大江
被我从窗外一抹桂花的馨香中，轻轻推开
落霞折叠着帆影，流水倒映着白鹭
碧波摇曳着月辉；仿佛大梦初醒，美人初妆
——多么美妙的恩赐，和馈赠
巨大的阊阖背景之下：任贤使能，施恩行惠，
高让雄图。我不配成为隐士，内心的裂缝
被她的美一一抚平；尾随着一株桂花
或者楠竹，进入你不朽的中流
借此凤凰涅槃，众鸟高飞，大江奔腾……
飞翔的姿势，掀起潮水，卷起飓风
推开千山，推开大江，与天空
我反复听过它的声音，热烈、丰盈、饱满
高过惊涛，低过谦卑，恒久而坚韧
再一次被大地深爱和喜悦；一定有更微小的事物
值得我们热爱和赞美，比如一颗螺丝，
一枚铁钉，一朵浪花，或者修辞
他们用汗水洗濯了美，向万物感恩，和致敬
让饱受污染的灵魂，重新受洗……
盈袖的暗香，在长风中生长着，茂盛着
温润而明净，并在碧波中，荡漾——
万物自有其低垂之美，那些挥汗如雨的词
构成了荆楚大地上，千年不改的巍巍之志
和远方，或者更远方，一座不断流动的城
并于黎明前，隐身于一首诗细小的偏旁

我确定没有再次眺望大江，大江
已在诗篇中，次第打开——
滔滔江水东去，文明在吸附、吐纳……
美与美在弹奏、追逐；当我乘风
穿过诗经、楚辞和汉赋……领受着
万物变迁之美；一江逝水，托举出山川、大地
田园和村庄，我必须再次向你躬身
请允许我汹涌、战栗……剔除风暴和雷霆
世界弱水三千，作为其中一滴
你是我恒久的河流，永世的今生，与故土
时光浩荡，岁月静美，风屏住了呼吸
我必须以楚辞为梯，汉赋为栏；唐诗为柱，
宋词为檐，在心中重铸一座望江楼
让汗水和比喻高过目光，穿过风雨
一并汇入永流，从此脱胎换骨——

大江东去……大江盛放出安邦之鼎，瑰丽之珠

大地上的王冠，引领着东方的吟诵，与飞天

外省的月亮

当暮色轻启，万物俱寂
让我指给你，一轮隔世的轻愁
这身披银光的尤物，它不说一句话
也不为谁所独有；秀唇一吐
就是一打江山，半个盛唐

一轮新月，它俯瞰过无限江山
却无法照亮内心的裂缝
和籍贯不明的乡愁，我的部分青春
还安然于摇曳的月辉，另一半
却在同一个世界形神松动，独自细碎和忧伤

外省的月亮，这孤独的小兽
于万木霜天中，探出受惊的双眸
——它仿佛不认识我了？
作为它们之间的协调者
和私密信使，我愿意承受蛙鸣声中
高低不平的愁怨。在这样的夜色中
我们沉默、对视，不说一句话
一滴晶莹的泪水，它温柔的蹄印
"哗"的一下，就将我们淹没

脚手架上的乡愁

当我用汗水，搭建好汉语的江山
和修辞的花园，撒下秋天的背景
一片浮云，穷尽了孤帆远影碧空
深一脚、浅一脚，
在美学中，修正着潦草的偏旁
用暗涨的江水，清洗遗失的词牌

向脚手架上，荡漾的乡愁致敬
除了汗水，没有比这更高贵的骨朵
更珍贵的丹青，美在摇晃、在吐纲
它跌落地面的声音，清冽、温润
让返乡的江水，悄悄暗涨了几分
当一路风尘，最终被它的美
——抚平，我开始定下神

调试着秋风的冷暖，乡愁的浓淡
稍有不慎，就可能用力太深
让欲说还休的乡音，怀抱着内伤
一把就洞穿，我遗失在身后的灵魂

红尘渺渺，一点点拔节的
脚手架，是什么在汹涌、战栗……
它轻轻的摇晃，让我触碰到
骨骼里的欲说还休的乡愁，与怅望
——那含泪的惊惶的，召唤！

苍茫是我一个人的事

必定有一行大雁，要剪开无边的蔚蓝
而落单的那一只，是我前世遗落的哀怨
但无知的白云，却轻描淡写地把它缝合
必须借一双虚拟的翅膀，在你离开之前
认领一片苍茫；以此恢复与上苍的美学关联
而在我认领之前，神早已端坐其间

必定要把心掏空，接纳这无边的蔚蓝
借以修补离别之后，你带来的闪电，和决绝
天空如此深邃，却无我的安魂之所
只有凭借虚无的彩虹，来掩盖思想的孤单
如果苍茫还不够辽阔，我将独自赞美
上苍，也承受这命定的黑暗……

苍茫是我一个人的事，与你无关
它一寸一寸地，侵蚀、漫延……
恰如我一寸一寸地，为你生病
在红尘之上，恍若隔世——

一个人的地老天荒

……时光漫漶。生日，退守于一首词
的上阕和下阕；此刻，我被恩准
卸下内心的翅膀，和高处的闪电
蒙受着时光的微凉，和命运的馈赠
内心枯槁，却怀抱着万物……

独守古卷青灯，胸无大志却肆意苍茫
"如果没有知己，不如直接遇上你。"

而你只是虚拟，虚空还在扩散、漫延
如果加上灰烬，就足以支撑内心的落日
和离别后美学的疼痛，与哀伤

但一首词在逃，它丢弃上阕和下阕
徒留下蒙尘的翅膀与落日，和逝水经年的你
而我还在世，依然在不停地回望、转身
面对古老的黄昏，和一个人的地老天荒
在内心，缓缓地，修筑天梯……

爱玉者说

此去经年，终于把生活过成了生存
把生存过成了生，并且在红尘中
一点一点，减少自己……
这并不是什么羞耻的事情
至少可以慢下来，等一等被自己不经意间
远远甩在身后的灵魂……
再慢一点，屏住呼吸
看看岁月这个并不高明的工匠，
如何在润物无声中，悄悄谈起了革命
将顽石，偷偷打磨成碧玉
抑或在孤寂污浊的炼狱里，孕育出粒粒珠玑……
我一直在琢磨，自己是遗落千年的某粒细沙？

千山过尽，这破败的躯体，除了骨骼、盐
和少许铁质，已经全是碎石，和沙砾……
微型的国度，河道在不断塌陷、崩裂、流失
心底的沉沙和卵石一再暴露、冲刷
——沉渣泛起。前清遗落的工匠
不知所踪，现有的改行疯炒土豪金
而我尚未沐浴、濯洗、更衣；我知道
自己并不是一个合格的工匠
无法将破败的躯体，稍微扶正
只能为一粒细沙，纠正潦草的偏旁
同时在心中，设下旷日持久的祭坛，在遗恨里
让饱受污染的灵魂，重新受洗……

落日将落，我已经宽恕了自己对万物的责任
且已安天命；但面对碎石和美玉
细沙和珍珠，这万物变迁之美，如此尖锐而具体
如此惊鸿一瞥，我找不到领受的理由
——请恕我此刻的惊惶失措，和怆然无助

珍珠赋

这破败不堪的躯体，我已经无能为力
心力憔悴、却技艺不精，习诗多年
未得半阕好词，对此我一直羞于说出
也曾想偷师河蚌，把胸中郁积的块垒，和沙砾
打磨成珍珠，——多么美妙的恩赐
去意徜徉，却一直没有与污秽同流合污的勇气
只好将碎片交付流水，去讨论成为珠玑的可能

相对于流水，我还没有准备好成为珍珠
坍塌的躯壳，已经磨了又磨，洗了又洗
除了圆滑世故的碎石，剩下的是一盘散沙
这泥沙俱下的暗伤，何年何月才能清洗、淘尽
我试图模仿流水，闪了几下
露出的却是刀剑，随后又拐了几个弯
跄踉一下；仍无法找到美玉
更无法打磨出珍珠；只好将流水，付之于天涯
而我不配成为隐士，我圆滑世故、沉渣泛起
偶尔养玉和私藏珍珠，并偷偷暗喻为肤若凝脂
吹弹可破的西施；但我贼心不足、色字当空
零星的一点沙金，都换成了诗经，和绝句
躯壳在不断漏水，伤口在崩岸
我已然无处藏身，幸好有私自下凡的明月
偶尔陪我茗茶、饮菊、醉看风云
恍如一粒隔世的轻尘，一钱白酒到天明
大梦醒来，躯体里惊涛拍岸，红尘中刀光剑影
——我已然是被囚的前朝遗老，无可救药

美玉是我想要的，珍珠也是我想要的
两者我还想兼得；但大水汤汤
在破败的躯体里肆意流淌、汹涌、泛滥
我不敢抽刀断水，惟恐猛挥一刀
骨骼里所剩无几的珠玑，瞬间就变成沙砾

钻石吟

我承认，红尘喧嚣，空耗了余生，和血脉
翅膀很轻，血肉很软，但骨头很硬；我试了几次
再没有多余的血液，点缀、附和、谄媚或俯首称
臣

英年未逝，却华发早生，看不到源头也无法预知
　归宿
我无心进取、自暴自弃、破罐子破摔直至人仰马
　翻
但内心温润、明净、沉郁而悲悯；我瘦骨嶙峋
身体破败；像隔世的废墟，身无片瓦、四处漏雨
我显然不是个隐士，也上山点豆，下地种稻
同时拔去田间患软骨病的稗草，寻遍《黄帝内
　经》
《本草纲要》，这弥漫的病菌，已然无可救药
未补的羊圈中，我是惟一的羊羔；红尘渺渺
请允许我汹涌、战栗……当万物各安其道
一切复归于沉寂，我已然失手将自己打翻

我想了很久，最终还是派遣一钱月光，二钱小诗
代替我，前来恰谈各自防区：你走你的阳关道
我过我的独木桥；举目红尘，处处都是你的庙宇
挤满了朝觐的圣徒；我依然守护着唐诗的落日
宋词的废墟，品味着春天之伤，轻轻擦拭着
蒙尘的经书；——信仰源自于心，而非信
偶尔红尘策马，却在一首绝句中，马失前蹄

64

人生若只如初见

以梦为马，却未携带蝴蝶
遇见一生中，最大的一场雨
但我拒绝闪电，和雷霆
以便挽留住残梦，不至于猝不及防地
马失前蹄，这关系到鸳鸯蝴蝶的安全问题

以梦为马，在哪朵云彩之下
留下暗香盈袖的吻痕，这舌尖上的马蹄

是隐忍的相思，和众神目眩千年的谜底
一个偏执的朝圣者，已成你前世今生
最后一个守陵人，在比黄花还瘦的月下
刺血写诗

人生若只如初见
见，与不见；梦永是空想的帝国
未及转身，我已是香火尚未燃尽的余温

突然觉得生是如此苍凉

赣江缓缓地回过头来，望了望两岸的人民
那些漂浮其上的枯枝败叶、死鱼烂虾和臃肿的表
　情
绝非它的本意，它眼含热泪，忍俊不禁
它的人民，那些拉煤球、摆地摊、擦皮鞋的人
那些农民、渣滓、苦力和贩夫走卒
他们起早摸黑，风餐露宿，咬紧牙关
或者打掉牙往肚里咽，他们连脸上的血和泥
都来不及擦拭，目光在风中无力地翻卷
如果他们能够趁黑歇一歇，释放三两声久违的鸟
　鸣
——哦！那是不是还可以被称之为乡音？
或者是不是能够像我一样，在滨江大道的江堤
遥看着醉醺醺的落日，醉了、老了、沉了
一点点地葬身水底，它的浩大、悲悯、壮阔
恰好震动了一个人寒冷的内心，都三十多岁的人
　了
还被那些枯枝败叶、死鱼烂虾的事操纵，锈蚀
此刻，默默地等待着落日平静地降临，他看见
江水流经之处，群山都缓缓地俯下身来——

BAI BAI

白白

本名白天伟，90后，河北白洋淀人。华中师范大学文学院本科生，寒梅诗社发起人之一。作品散见于《文学教育》、《语文周报》、《水淀风来》、《摇篮》、《桂风》等。获湖北省"一二·九"诗歌散文大赛三等奖。有作品入选《大学生诗文精品选》等。

生死画卷

〔组诗〕
BAI BAI | 白白

又是雨夜①

哗哗下吧！再大些！
蜀江水流不尽的碧水再大些
蜀山再高些，蜀道再难些
把你永远囚在马嵬的泥土中
你死不就是为了男人的江山吗？

一雷鸣电闪，屋里的人就安静
只有他的平凡才最奢侈
下吧！哗哗下吧！
每一个雨夜我都在怀念
童年院子里的红石榴
在古人的哀思里漫步

从南方到北方，从梧桐到杨柳——
把雨的缝隙拉得老长、老长

又是雨夜。今夜，我将出发
从一座下雨的城去
拥抱，另一座雨中的城

生

我的出生是五十亿年无数意外的总和
蝉猴用地下十几年的黑暗换来一个夏天

我的出生是全世界的江河汇成的海
鱼和猴子交错的血脉汇聚成的躯壳

我的出生是贯穿远古与将来的 DNA
白日的玫瑰连接着昨夜与今晚的梦境

活

精于计算的生活磨成螺丝钉
肆无忌惮旋转着插入麻木的骨髓

无所谓一切的日子流成狂草
寡欲清淡无情地吞噬狂欢的灵魂

毫不相干的口哨被纳入罪状
一本正经地用文明枪毙欢乐的初心

不忍用妥协阐述平庸
厌恶用笑话表达快乐

伟大与可笑只能用坚持调和
诗歌与社会的情感爱恨难说

生死画卷

包裹着婴儿与尸体的白布
出生时叫"快乐"？
死亡时叫"悲伤"？
一生蒙蔽着人双眼的布上
白是人生写意画的底色
阻止婴啼的乳画第一笔泼墨

---

① 本诗涉及杨玉环、李隆基马嵬之困。

死亡哭泣的泪使墨韵延展
愤怒画下最浓重的一笔黑
爱情调出最艳丽的花色
尸体上幼儿园时打架留下的
是我一生的印章
自由执拗地把画卷的夜空撕破
才有了星月露出天外的光

闪亮的印章告诉世人
"此人一生生效"

这是我们的第二个清晨
——写在定西地震后的第二天

阳光在西面的山头默默升起
消散了山头聚集了一夜的黑暗
飘移的恶魔被守灵人的佛珠驱赶

这是我们的第二个清晨，只是村庄
还回放着昨天的记忆
大地举起山锤路鞭挥向毛坯的墙
不堪一击的房屋——失去温度的阳光
握紧铅笔的孩子——连根拔起的党参
四具紧抱的尸骸——昨日未尽的舞会
这一切的秘密，都在守灵人模糊的眼里
参差不齐

失聪的女孩默默地
走上山，走上山去
在山腰油菜花盛开的地方
亮起来了——
金色的女孩栖居的家
轻轻地被散落的阳光点暖
一对老人摇摆、搀扶着缓缓走来

立 冬

立冬了，武汉的叶子还没有落
连黄的意思都没

奶奶老屋残存的温度
只剩爸爸送饭的脚步

爷爷的黑白照片，以及
日历里循环播放的我的名字

叶子还没有落
连黄的意思都没
可我还在桂中路寻觅落叶
奶奶还在日历里数我，也
——数她自己

奶奶！我求你告诉我：
那蝴蝶般纷飞的落叶是我
那漫天起舞的雪花也是我

午后一阵又一阵暖风在我身前身后聚集
却始终难及我心中北方寒冬的温度

天津站
——致 LH

一

从南方驶来的列车
是来自故乡的河
如我一路蜿蜒
流向熟悉的你

从庞德开始
每一个车站都挤满幽灵
可是此刻，你唤我的名字
我已化作花瓣轻开
你却瞬间化为湿漉漉的风
拥我入怀

本以为我的开阔
可以容下你的一生
直到发现海河里被你铺满的
我的影子、我的名字、我的诗
我的声音就在水底沉没

我才知道
你是海河的海
我是海河的河

二

我和她在海河边散步
从东头走到西头
从一桥走到二桥
从南岸走向北岸
从天津站走到天津站
在此刻下我们的年轮
在此画下一生

如今，这所有的景致都收入囊中
一切的借景抒情都是徒劳
只有重逢，只有她
让我不再苦寻月色

三

独望海河熙攘的花船，你凝语无言
没人知道压在心底的武昌的重量
海河边你的钟声
是一曲长江才懂的《东方红》
多年以后，面对东去的流水
我会想起你独望海河熙攘的花船
那个夜晚，你沉默无言

两条河的距离、杨柳的长度
是一节短短的车厢
有起点和终点
却尚未启程
明天江边哨声又起
一曲古老的《东方红》
乘西太平洋暖流
从东海向渤海
一路奔腾

叹 息

手臂羽翼般铺张在木桌上
胳膊窝儿就要贴到桌面
熟睡的男孩儿枕着诗歌

散发柳丝般飘洒在书页间
发丝儿幻想着羽翼的梦境
熟睡的女孩儿枕着微笑

青春梦境在木桌两岸穿梭
一边有苏醒，一边是心跳
似梦起涟漪，女孩伸展——
一声轻轻轻轻的慵懒叹息

荡漾出男孩梦境的电波
一端是叹息，一端是苏醒
似前世暗语，男孩心颤——
一声轻轻轻轻的苏醒叹息

似乎唤醒了男孩心中
自己都不知道的秘密
他也惊奇，她的叹息
怎会沁润致心醉神迷

面孔从未相逢，座上空空
即使再见也没有记忆
惟有叹息的一瞬让观者
也难忘记，熟悉抹不去

一声轻轻轻轻的叹息
是最短暂的花开
凝聚了相逢的香气
是最持久的爱意
打不破幻想的美丽

相遇，别离
留恋，结局
也尽在那一声轻轻
轻轻轻轻的叹息

雨倾城

YU QING CHENG

　　本名袁秀杰，70后，河北丰润人。作品散见于《诗刊》、《诗歌月刊》、《星星》、《诗选刊》、《诗潮》、《绿风》、《青年文学》、《散文诗》、《中国诗歌》等。参加第十四届全国散文诗笔会。散文诗多次获全国大奖。

我就在你的眼前摇摆

·组诗·

删　除

瞳孔里删除火
干瘪的乳房里删除抚摸
靠窗的位置删除岁月
微信群朋友圈新浪微博电话联系人删除纠结
去还乡河马蹄泉景钟山的长途中删除爱恨
燕山路幸福道旁的人流攘攘里删除悲戚
桃花出嫁的园林删除幻觉
无边的孤寂里找你的路上，再删除一个
提灯的我

时 光 缓 缓 流 去

安静得仿佛不在
心事像你睡不着的凌晨两点
草原上数的羊：一只，两只，三只，无数只……

坐在我身边吧
孤独不可触摸
你看，天空很好
阳光很好
门虚掩着
影子和影子之间，时光缓缓流去

晒过的诗，写过的信，打过招呼的花儿，想念过的
头发和嘴唇，体内奔腾过的河流
都
无关紧要

我 的 自 在 ， 都 从 远 方 归 来

我想要安静
最好是在庙宇前，小溪旁
最好溪边有石，石上有草，狭窄的山路弯弯曲曲
有着寂静的形状
最好故乡很远，树上繁花次第飘落
也不惆怅
最好太古白云问答，每一声咳嗽渗出苍茫
最好隐身清诗，暖风迟日，一枚松子，三两白酒

平仄横穿山水
最好沉默，破晓之后，我的自在
都从远方归来

这安静的沉溺，无人知晓

养小动物、多肉，望白云
等梨花开、桃花开
有时停顿，心里跑马，遇打柴人于山坡
光阴止于蓝，止于春风乱吹
止于某年某月，遥远的小镇
诗和流水

一个下午过去了
随随便便坐树下，赤足，认真地想一个人
饮茶，散步，阅读，或者四处醉酒
空无
野花开落，慰平生意
我去还是不去

拒绝自己爱上河宽、水缓，
天天说晚安

我是多么傻啊，相见恨远
又很快，恨上了今生
你流动的声音，翻书的声音，半夜醒来
数星星的声音，更甚于
等待春天，一朵花的开
掏出肝肠，在你的岸边老。
犹豫。沉默。心神不定。拒绝自己爱上花裙
木船，晃动之柳枝
拒绝自己爱上河宽、水缓，天天说晚安
"生活是危险的
你也是"。

我就在你的眼前摇摆

想找个有你的地方，住下来，
青草般宁静。
在你路过的每一个清晨，写诗，做饭，栽红杏，
种五谷，

着我最爱的小碎蓝花布裙，
哪儿也不去。我就在你的眼前摇摆，
哪儿也不去。如果，你想我，
我越来越绿，越来越暖，
越来越新鲜。

茶几上的书，和我有着相似的满足。

木质生活

脂粉无用。木质的生活足以安慰我心
等到春风吹拂，一个人也可以微笑向暖，无大
　　笑，大哭，大孤单

落花飞过屋檐，捉云，乘马，追鱼
并被一段流水带走
人心和猜测
止于山野

亲爱，我愿意停下来
发呆，吟诗，饮酒，吃东坡肉，作狮子吼
全凭你爱
如果不，就只手牵着手，互道：
早安。晚安。

仍有寂寞，但不是你

我迷恋于一切的白：
白的云，白的马，白的餐桌，衣裙
和花朵。仍有寂寞
但不是你
半夜起身也不是
你是我不知道的嘴角的甜
小声的喊，心长荒草的
浮生半日
莫管我。白天，我在山中望月
天黑，我在床头想雪

逍遥游

再小一点，我就自由躺下

陪芦花睡觉，让萤火点灯
身上长白露、流水、落日圆。或者
像还乡河岸的芦苇，突然爱上一阵秋
喜滋滋做逍遥游
最好是月色千顷，乘鲲鹏
捡一篓莼的香

你看不见我体内的原罪，和
黑暗

哪一片天空，蝴蝶徘徊不去

《诗经》里有你的名字
你在旷野独坐
身体哗哗作响。我不敢问
在新疆，你带不带我
一起飞翔
你在尘世里煎熬。衣裙有我触不到的温度
读过的草，寄过的春
飘过的万里山河聚在一起。你微笑，冥想
把白云装在怀里
不急于表白。遥望
仿佛少年

只是眼里一些潮水
汹涌而至。蒲公英，蒲公英，我分不清哪一片天
　空
蝴蝶徘徊不去
而清风潺潺，渐渐
灌满衣袍

理想的国度

在鹤壁。我们歌唱，聊天，饮酒，和佛在一起
看一场雨如何落下
看山下微小的事物，隐秘地修行，闪烁
我们活着
选择接近，同时，拥有远方
幸福也不过这样——
有明月追着山川
有仙鹤栖止水岸
有朝拜的众生拥塞崎岖

有抓起石子，就能望见的村庄，行人
柳树弯曲的倒影
有认不出的气息，寂静的走动

一条河流经过我的眼睛

河水微茫。去年，今年，明年
年年桃花摇落，春风浩荡人间。我站在岸边
朝远古流去
青草处处。三百首选集里，一捧水里的人儿
怀古，伤春，思远人
忽然白发

"有没有一种相逢，
只是笑，不带一滴泪"
淇河和我闭上眼睛，谁也不说
谁也不说

尘世慢

又说到水。闪烁，飞翔，带着尘世的缓慢
山是它们的
云也是
古老的苍茫，拍打堤岸
仿佛凝望，仿佛欢乐
静，成为惟一的声响

不想走了。就在这儿，坐着
看鸟鸣回到小镇，炊烟回到暮晚
星星回到波涛，草木回到慈悲，
露水回到光阴
世界回到你的怀抱

她不开

樱花寂静。风一直吹
所有的缓慢落在今天
——如此辽阔。蓝，是惟一的背景
我千里迢迢赶来，她不开
我这样走着，她不开
风筝飞过我的脸，她不开

身后的影子呈现大野的苍茫和淇水的澄明，她
　不开

当我离开
一岸柳荫，穿我而过

我身边的流水和天空，晃呀晃

满脸落日
那些话，还没有来
我身边的流水和天空，晃呀晃

仿佛从没来过。静，
来自风的抚摸
这大概是最后一场告别：岸边的苇
苇上的云，云中的歌，袅袅
袅袅

天快黑了。天快黑了
谁带我的小星星回家

你缓缓走在我身旁

夜晚的时候，我来到这里。有风有雨
有拐弯的河流，一再延长
不敢低头。在一个人的姓名里
等——
寂静越来越深

靠近。再靠近。心如春夜，暗藏汹涌
我们的距离，傍着尘世，挨着水声
还能说什么呢
在车站，四月和樱花如此接近
你缓缓走在我身旁

一棵情人柏的心事该如何说破

那层层的台阶，早已斜织着一片烟雨
视野，苍苍翠翠层层叠叠悠悠远远
一片天地开阔：

是你，波光粼粼，在荣枯之外
却又回过头来悄悄看我
可是，亲爱，我竟叫不出你的名字

站在原地，重复幻觉
且娇，且羞
没有一碗酒让我燃烧
一棵情人柏的心事该如何说破
——把你的手给我

如果你来

就在夜里，看星星
如婴儿。满天星光汇聚胸膛
我温柔。喘息。空心。全都因为你
是的。我必须这样沉下去——
咬着草根，望着远方
如果你来，我便是草原上，安静的湖水
湖水上，陷落的天空
是山上参差的树木，晨曦滴落的羔羊与牧场
是怀抱英雄的原罪
坐在人间

梨花坡，我们原本可以这样辽阔爱着

多年了
江山无主。梨花的容颜还站在那里
越落越轻
阳春三月，小小的心
一深再深

踏青人，我将消失于一阕天籁，或者
鸟鸣，露珠，点燃寂静的花朵
这多好——
风吹裙裾
蓝，已覆盖我的天下

梨花坡，请给我开满春天的梦寐，制成皇冠
请给我幸福的喘息，打开自己
我是说，给我你的怀抱触摸
交换体内的秘密
原本，我们可以这样辽阔地爱着

清 明

多少年过去了
石板桥边，杏花酒旗忆及江南，讲不出半句
有关陶渊明的"归去来兮"
千里之外，行人在烟雨中断魂，花开的声音
只是遥望。一壶清明，趺坐草坡，年年与春风
    对饮
倾斜的天空深谙管弦的情绪，几曲断肠
眼中的潮汐，冲塌一抔黄土的沉重
归期悠长。一朵梨花的笑容，绕过流水
却又被光阴轻轻吹散

我 的 王

怀揣草原和月光，我的王，端坐马蹄
隔着远远的天涯，将流浪泡进酒杯。诗歌，两
    鬓如霜
这个夏日，不断有人归于经筒，归于牛羊
谁用滚烫的青稞，饮出辽阔？

大风吹过文字。以寂寥。以期待。以江河
青春和爱情近在咫尺
筑雨而居，面含羞色写下高原。所有的词语，
温暖，明亮
今夜，有没有人在雪域临摹思念

仰望天空，我和云一样轻
我愿是天空抒情的蓝
是青草屏住的甜蜜呼吸
是满坡的格桑花雕刻的辉煌落日

时光的断崖，一场雨，迟迟不归

心底的河流呼啸，奔腾
因为你，我爱上了祈祷
遍地阳光，是我浩荡的证明

目光的道路上，我总是看到待嫁的炊烟捂着胸
    口，不断转身，走动
每个脚印，都踩满了牧歌、幸福与安详
可是我，喊不出王的名字
此刻，谁是谁按捺不住的心跳，谁又是谁顶礼
    膜拜的太阳？

抬头，看见燕子在飞

不下扬州，满袖梨花飘在唐朝
忘记了春来江水
风景旧曾谙
伫立斜阳，将杜鹃听了又听
我叫她，梦里江南
老墙外，去年的杨柳嫁与了东风
越来越浓的春色，竟掩不住一段风流
十里繁华。抬头，看见燕子在飞
从南到北，没有一点悲怆

江 南

把伞举过头顶，还是撑不住
铺天盖地的浪漫。时间的墙上，探出
一朵两朵桃花婉约
在宋词的深处。等一粒雨声
飘过来。一遍一遍
宣读爱情
苍苔小径
剪取一半烟水
当年捧心而过的女子在否

愿我后来，无忧郁

✳ 雨倾城

我一直知道，诗歌里的自己，写满了忧郁。

是的，骨子里的忧郁。他们都这么说。也许是孤寂。两年前是这样，两年之后，诗歌里的自己仍然。

然而，我无能为力。

我喜欢诗歌，这是确定的。它让我迷恋。

我想写好它们。

写着的时候，我也最像我自己。那些纯粹辽阔，也都最最靠近我的灵魂，在每个不眠的夜里，给我永恒的指引——

有时是公交车上一晃而过的十字路口，有时是山路开着的一朵一朵的野花，有时是荷塘大片大片的蛙声，有时是落在眼里梦里的风风雨雨日月星辰。

傻孩子，我喜欢朋友这么说我。在我心里，傻孩子与简单等同。更喜欢那些简单的人，简单的事。比如上班下班收拾房子柴米油盐养小多肉望望白云，比如工作之余，写写分行……

是的。写，多么美好。写着的时候，世界温柔，我也简单。你喜欢这样的我么，远离各种是非，也远离各种机心。

生在河北，长在丰润，却在诗歌里驻足停留。它让我更趋于丰富感性。我知道，爱着诗歌的我，始终有着纯净的视线和天马行空的想象，也可以一直这么深邃，这么安静着。

深邃，安静，是我多么喜欢的样子。

北方的天空下，我那么努力地写着，在自己的角落里，缓慢成长。月缺月圆，世界的风霜雨雪，渐次入心底、入笔底。

我愿意称它为生活。

世界上的拥抱，都将以松手而告终。我，不会。诗歌来临的时候，我经常想，如果与这些分行纠结是一种命运，我愿沉沦，不摆脱。

它是我最好的时光。一年又一年。

和诗歌在一起，即使独处独坐，夜深得没有尽头，我也会变得温暖而美好，并期待来日。

它让我的生活慢下来，学会在最寻常的日子，注视最寻常的风景，也让我那颗不够安定的心免于荒凉，有所诗意，也有所慰安。我的文字，如你所见，不够成熟，不够宽广，也不够意味深长，但，不想放弃。

生命太短。时光太长。恰如骨鲠在喉，有些主题，一写再写。

只是喜欢，没有多少担当和责任。那些诗歌里的苍白孱弱的小小情怀，如果你路过它们，希望你，懂得。

生活中，有些东西，还没准备好，就突然发生了。我以为，那是人生的劫难。熬不下去，我便以诗歌的方式安慰自己，倾城，好好的，不要哭，不要恨。

你能看到吗，我在其中的失望，挣扎，破碎，疼痛，柔软，眷恋，忧伤，热爱，祈祷，挽留，还有我的无药可救，漫无边际的等待，一点一滴，深深喜欢过的心情？

我尽力发出了自己的声音。

它们在光阴的潮汐里汹涌，或许太情绪，或许显痴傻，或许不快乐，但是，不虚伪。

这里面，或许还有一个你。

愿诗歌偏爱我。

愿我永远还是那个被你认可活在世间又活在内心的纯粹善良真实快乐的傻孩子。愿我穿越思想的局限，到开阔中去。

愿我内心有光，后来，无忧郁。

愿生活无可辜负。Z

任如意　于盛梅　张勇敢　陈柳位　杨泽西
左　手　牧　白　鱼　安　严琼丽　陈放平
殷　岚　符高殿　徐方方　卢　游　知　更

任如意 REN RU YI

　　1995 年生，云南富民人。云南师范大学哲政学院哲学专业学生。作品散见于《星星》、《诗选刊》等。参加第八届中国·星星大学生诗歌夏令营。

谎 言

拿捏好时间，组织了语言，谎话
从腐烂之处涌来。一沟恶臭的水刺鼻
酸酸的，有泪涌出
已尝试过多次，可我还是不忍心
对年迈的母亲撒谎（哪怕是一句让她放心的话）

闪烁其词，恐已将自己暴露
她装作若无其事，认真地听
我无法确认是否蒙混过关，打电话来的只是朋友
她旁敲侧击，小心告诫：
那个父亲当官的男孩，不要
与之恋爱。警察和当兵的都不行，有匪气。
哦！母亲巧妙地杀死那稚嫩的爱情

幼时的拙技，往往是欲盖弥彰
眼神闪躲、红透的脸、不断地摸头或鼻子
父母面前，事情的真相一览无余
我们不断地琢磨，将谎话说得圆满
后来，水仍高过石头，纸和火的命题为假
无关紧要的部分——存活

山水诗

每座山都有一副面孔，每条河都有一具躯体
山环水绕，蜿蜒成人间写照
自然有自然的物竞天择，俗世有俗世
的尔虞我诈
幼年是长高的时候，暮年就佝偻
做过多少错事，水向东流，山在溪头

你攀登一座高峰，历经万苦千辛。她
顺江水漂流，吹着夜风裸浴

瓣瓣飘落的是年岁
褶皱堆叠。山坳里有孩子大笑的回声
无尽的热情，潮起潮落

人们的面孔和身体不断变化，山水静默
等你来了，才山花盛开
一路莺歌燕舞。柔云向南、芦苇靠北
圈圈涟漪，枯萎的浮草被轻轻推走
此刻，晴空无云。我坚硬的心像水
有了贴近尘世的温柔

城市一景

他们三人，坐在人行道旁休息
一个面无表情，看着川流不息的马路发呆
一个皱着眉头抽烟，眼睛半闭
还有一个最年轻的，精力充沛
对城市充满期待，仿佛多种一棵树，就能
更容易地融入这里
他耐心地铲着锄头上的泥，准备跳进
那个未挖完的
刚好没过他的下半身的树坑

于盛梅 YU SHENG MEI

　　北京林业大学城林 14 班学生。作品散见于《诗刊》等。

吃 雪

我们吃什么
你说，吃雪
吃白的，化不开的
吃巨大的，坚硬的，细小的
雪
我那件旧影子衣的褶皱里积满了雪
我们就吃它们，白色的身体与规则的形状
一起吃，趁冻吃
哦，不是我在吃，是我的牙齿在吃
哦，不是你在吃，是你右手上的茧在吃
吃，一直吃
吃完了也继续吃

吃它们与身体摩擦发出的巨响
吃胃的欢叫
循环往复，周而复始
吃这个摇摇欲坠吊儿郎当的冬天
吃所有无所事事正儿八经的借口
饥饿的感觉具象成可触及的虚妄
枉然的大彻大悟
原来世界上所有物体的存在都是为了讽刺我

我为了我们不能一起走找了这么多理由
你却绝望地摇着头哭泣着大声嚷这不是诗

欲说还休与无处抵达

你来时我还活着
风一吹我就死了
风没吹起来时我是一直在看着你的啊
你怎样都好看
我爱你脸上的那些痘印
听我的就留着他们吧
别再花时间来填补了
你我之间哪来那么多时间啊
好的日子都被错过了
而坏的才刚刚开始

目光一打在我身上
我就是一副欲说还休的模样
你们一问我，我就说没事
这就是沉水植物不肯开花的倔强
心如死灰的人从不期许来日
可是除却来日我是真的什么都没有了
那些来不及的事连绵起来把我推进河边的浓雾之
中
你勇敢地放弃所有眷顾从这一场雨走进那一场雨
相遇发生后破碎，流干眼泪的人在碎片的尖端上
跳起了舞
我不怕痛不怕苦不怕失去不怕再也见不到你
可是我怕光怕水怕星星怕你颤抖的声音
你能明白这种感觉的一万分之一吗
十万分之一也好啊

张勇敢 ZHANG YONG GAN

90后，福建宁化客家人。重庆大学法学专业2013级学生。

父 亲

大多数情况下，他的身体用来堆砌，血汗可饮
于是有了大马路，有了商品房
上九天，下五洋，祖国变得无所不能

他怜惜白天和白馒头，害怕商品琳琅的街道
灰头土脸，在城市里小心翼翼地活着
他幻想过狮子，尽管他从未见过
也幻想过西装革履，好比每天来视察的大老板那
副模样

有天夜里，男人们烂醉如泥
在大街上撒尿、喧闹，被警察追赶
他落荒而逃，哭着说想家

那一夜，所有严肃的词都一睡不醒
他坐在灯下提笔，给遥远的妻子讲述一场梦：

"她高兴极了，大老远就开始朝我挥手
我看见她身后透出光
那光，我曾在你和母亲身上看见过"

而她，早已在一次车祸中丧生

无题十行——给查海生

挑选一张面孔，竭尽所能，存活于世
谨慎地吃饭、写诗、思念母亲

没有人知道，我藏在人间的面孔是古老的
二十五年，它一成不变，但在夜晚
陌生人的四肢擅长于趁虚而入，偷盗思想

没有人知道，较于内心反驳的怒火
我有更充足的理由说服自己：

"拿走吧，搬得动的就搬走，搬不走的就砸了！"

在春天，谨慎地活着，近似于雕刻艺术
什么疯狂地生长，什么就会失败，就会置人于死
　地

陈柳位　　　CHEN LIU WEI

1995 年 6 月生于浙江。兰州大学文学院汉语言文学专业学生。作品散见于《飞天》、《甘肃诗词》等。

致杜朗

他坐在窗口
嘴里不知道念着什么
一场宴会就要开始
如他桌上破碎的酒杯
如同白蝴蝶碎片的诗集
"他一贯是个疯子"
爱过他的人掩面而走
恨过他的人趋之若鹜
杜朗在海上念了一首诗
他拾起破碎的酒杯
嚎啕大哭
他开始和生活讨价还价
村庄里的野蔷薇开得娇艳
他手里提着五花肉和刚打的酱油
沉闷的月落在荆棘里听不到声音
他在桌子前摆开油腻的硬币
一枚，两枚……
全数倒进了罐子里

自画像

她走在冗长的小道
拖着一车的露珠与艳阳
一朵雪花飘过明媚的晴空
仿佛一个人行走在天上
她走过飘沙与青苔
避开了思想的高峰
借助着虚无

飘渺是风吹起了她的头发
她只是寂寞了
柔弱的云朵
偷走了树影
她淘洗着古镇里的金沙
独来独往南山下
江风停留在南方的古樟下
却吹不进她的诗行

杨泽西　　　YANG ZE XI

1992 年生于河南漯河。河南大学民生学院广告学专业 2013 级学生。开封市作家协会会员。

现磨豆浆

我要去清晨的街市上买一杯豆浆
现磨的。豆子加进去
倒出来就是一杯豆浆
我从脑袋里掏出了一大把
昨晚在梦里结出的饱满谷粒
全部加了进去
磨豆浆的师傅瞪大眼睛看着豆浆机里
旋转着的星星和月亮，想说什么没说出口
直到它们在底部沉淀出沉重的黑夜
最后他把那细碎温润的一部分倒出来
我开始大口大口地喝着
从身体里打磨出来的轻盈的白天
我已经习惯于每天喝一杯现磨的豆浆
喝下安逸和轻松，喝下沉默与妥协
喝下二十四小时的麻醉与迷失
我看大家都是这样。从一天的开始
就用现实的搅拌机把自己完全打碎
饮下自己轻薄的骨头

午　饭

我需要一碗麻辣烫和一杯柠檬水
麻辣烫不要麻辣味的
柠檬水不加柠檬

除此之外，饭后

我还顺便吃了三条娱乐资讯
和一首小诗。味道还不错

小学同学的老婆生了个儿子
是件不小的喜事。我在学校食堂吃饭时
给他轻轻点了个赞

我不止生过一个。思想的怪胎
十二级理想主义的台风总是引发
现实生活的海啸。宇宙都受不了

我可能还需要一瓶二锅头
和一把钢刀。我要剔除传统建筑里
那些没用的多余的社会骨头

左手　　　ZUO SHOU

本名王华，1991 年 5 月生于湖南武冈。重庆大学建筑城规学院 2014 级城乡规划学硕士。诗歌散见于多种报刊杂志。

闭幕辞

是的　看官　没什么您可以带走的
剧院就要打烊　津津乐道的故事已经有了结局
各位看官　请走好　吃好　住好　活好
将您的位置留下　明天这里又将人满为患
陌生人将住在您今天的坟墓中被同一幕悲剧戳中
　　笑点

天生的好演员极多　天生的剧作家极少
如此　剧院惨淡经营
工业时代的年轻人欢喜电影、颁奖晚会
没人在街头吟诵诗歌　没人在剧院演绎人权
看官　您走吧　走吧　灯光黯淡

道具与台词开始撤下舞台　指挥家点燃一支香烟
解散小提琴家、钢琴家、竖琴家
漂亮的孔雀羽毛插在长颈青花瓶开始四处寻找孔
　　雀
芭蕾舞裙睡熟了　如一只只臭烘烘的天鹅
演员们卸下面具开始煮咖啡　在后台
国王爱上公主　王子爱上王后　我爱上她

看官　最后提醒　您走之前小心那些倒挂的灯盏
它们正从密集的光线中拔节生长
它们是生长在天花板上的黑夜
它们是黑夜向下探伸的树根
最后　一切即将被照亮　包括影子本身

影　子

今天　我将自己的影子留在房间
忘记穿上
任凭它倚靠白墙休憩
睡成一个黑洞

窗外　太阳的影子很大　很薄　很亮
投射在月球上
它历史悠久　以老者的身份
教导人类　驯化恐龙

我的影子将比我活得久
——这我必须承认
直到肉体成熟　凋落入土
只有它陪我一直活下去　休养生息
如同脚心生发的一枚落款镌刻大地
了无痕迹
却将人间彰显得真实而立体

今天　我将自己的影子留在房间
我与它同时成为世界上最孤单的人

牧白　　　MU BAI

1994 年生于青海。青海师范大学人文学院 2012 级中文 B 班学生。青海省作家协会会员。

客　居

客居春山
许多年不见的空
被一片叶子罩住了眼睛
没有尘土入泥泞

雨水有自己的思考

大江大河浩浩荡荡
想着山也穷水也尽
想着一大片白云
客居山顶，赐我阴影
那多年前的轻轻一笑
青苔上一朵小花绽放

命运无法做自己的主人
我于天地处取水还乡

剩 余

有酒我们只喝三分之一
有月色我们只看缺的那部分

有乌鸦，有风声，有个背影
有一条路开出一朵花
有一朵花放出一只蜜蜂
有蜜蜂拉低天空

音

每一个密集的词语
都要细密地走向尽头
月光下的栏杆
被夜色拍了一遍又一遍

骨骼里鸟鸣不断
风声放弃了耳朵
故乡细雨如体内流萤
泠泠在目在胸又于唇

似我搁浅于船边繁星
像海像灯像凌乱世人
暖流抑或寒流隐于胸口
心头从未花蕊成群
只有落红打湿全身

不再是春天蛰伏
趺坐于山峦幽谷

旷人旷我，处处无根

鱼安 YU AN

本名彭媛，土家族，1996 年生于湖南湘西。
井冈山大学人文学院学生。

老房子

老房子不会深究
毗邻的长巷
如何安置人流，如何安置
生的躁乱

于是沉寂，如
自闭的灰尘
昼夜默坐房梁，享用
奢侈的净

个体的暮年寄居于此
小屋，必经之路上
石板、苍苔、老板凳
每日相逢，它便提及众生皆苦
品起此时寡欢

说起收纳，已不再新鲜
杂物、珍品
灵的双目
掺入夕光，直至

直至，宿主
古旧形体被用来停放
一具棺木，一场
你以为停顿却已经结尾的死亡

三月与赣江书

二十年的目光昏迷于，三月的午后
细雨酩酊，鹅卵石躲进那些
永远醒不来的柳树的倒影里，躲进
一沉到底的云里

我坐成一座孤岛，任由
植被在贫瘠的躯干上疯长
这磨人的绿，极端到不放过
每一寸视野
从流动中醒来
柔软的春风，也逼我落泪

那些不会说话的东西朝我靠拢
我从不拒绝这
自闭、羸弱、不知世故
的赣江水流，只要稍作碰触
就显露出疼痛的水纹的淤痕

未知的浑浊里，那些
我所钟爱的流浪儿——
漂流的茎叶，驶于被
分割的明暗里，一半与世俗为伍
一半与春日为敌
遁入水中潮湿的生活的隐忍

严琼丽　　　　　　YAN QIONG LI

　　笔名一粒沙，1994 年生于云南曲靖。云南财经大学中华职业学院学生。

一个有拖延症的女孩
——写给丁大炮

"宿舍里装镜子
本身是合理的"

丁大炮的鞋子里少了几只会尖叫的动物
在下雨天的早晨
她慢过所有有余温的事物

我把一枚糖果磕碎
喂给那盆即将枯死的仙人球
她还是慢过所有有余温的事物
直到仙人球上的刺失去了光泽

她的裙子，发型，鞋子
总会戳中她某根神经
以至于那几只流落在外的动物

成了别人家的宠物

旗袍里的女人

那场雨总会停在一个点上
于是
我忘了自己的性别
站在旮旯里
黄昏来不及洗礼这场逆行
我准备把头发三七分
再挽起，如果你有花
赐我一朵山茶

先生，总是来得很慢
我从来不说"擦肩而过"这样狡诈的词语
妈妈也不为我准备一套嫁衣

我强加给自己一个洞穴
"我只是个小姑娘"
当《小王子》里那朵玫瑰出现时
我移到江南
成了旗袍里的女人
你看到的我，刚刚好
山水弯曲，与我的骨血环抱成一体

陈放平　　　　　　CHEN FANG PING

　　1994 年生，重庆南川人。重庆三峡职业学院学生。

对一张纸的态度

可以卷曲
但尽量保持平整

可以书写
但尽量体现价值

千万不能对折
让一张纸像人一样折腰

红 灯

学校门口
四个同学因闯红灯
被一辆摩托车
撞翻在地

人群中，四个受伤者
坐在地上等待急救车
其中一个人
手肘伤口处
滴下三滴血
在白色斑马线上
重新点亮
三盏醒目的红灯

殷岚　　　　　　　　　　　YIN LAN

　　1993 年生于甘肃武威。河西学院物理与机电工程学院学生。

父亲的年龄

端坐在一起久了
我们开始谈及家庭琐事
父亲的年龄和一把刀

四十九岁
五十岁
五十五岁

所有的数字都卡在嗓子里
吐不出来，也咽不下去

倒叙一个悲伤的故事

血液回流
插在母亲身上的刀被拔了出来
他身体后退，宛如一头失控的猎豹
放下手中的刀，身体蜷缩

问母亲要钱买毒品的句子被咽了下去

他退回房间
被子被叠了起来
抽屉柜子也都合上
退出家门

昏暗的街角往前移动，天空灰白
家里还有最后一包白粉的信息从脑海里收回去
噬骨之痛渐渐消失
他回到学校
在教室最后一排靠窗户的位置坐了下来

一年以前，他从 KTV 的包厢里退了出去
打开家门回到家里
妈，同学叫我出去唱歌
少年皮肤白皙
脸庞棱角分明

符高殿　　　　　　　　　　FU GAO DIAN

　　1993 年生于海南儋州。郑州大学学生。作品散见于《中国诗歌》、《海拔》、《山东诗人》等。获首届元象诗歌奖。

雾

这场雾很大，大过这个夜晚
所有事物本身
她的眼睛就像这一场雾
今夜，我正在雾中穿行，再一次
走进她的
眼心，朦胧的路灯
是一个隐喻。我要驶过这座跨海的桥
我曾多次飞奔过这里
桥对面的那个女孩，我曾被她的眼睛
包裹。我们已一年多未见
小水珠落在我的头发、眉毛、衣服上
我正带着它们，滑入她的眼睛
她不停地揉搓
我像一粒沙子。被她的眼皮一点、一点挤出来
再一次滚过这个桥
这时，雾水越下越大了

笼罩起夜空
打湿了我的头发、眉毛、衣服。
路面任何一个凸起
都可能制造一场交通事故
任何多余的声音都会在途中被淋湿，掉落。
全身湿透的夜晚
大过了这场雾本身

酸梅果

我随手抓一颗酸梅
放进干渴的嘴巴
它先被舌头包含
既酸又甜的汁液溶入口腔的水
流进体内
它在湿滑的腔壁，翻滚
不时，落入上下齿轮的夹缝中
磨掉了全部的果肉
这颗酸梅，和我发生了亲密的关系
只剩光秃秃的果核
在我口腔里
如果，此刻我把它吐出
它就会在某块土地上
默默长成一棵和我无关的酸梅树
而我一直把它含在嘴里
用汁液洗涤它
又把它移到了上下牙缝里
施加压力
榨干它的果肉
在它表面留下了悲伤的印痕
这个动作反复循环
我在和一颗果核完成某种神秘的仪式
没人知道为什么，包括我
我的汁液浸入了核内
它的外表也布满了我悲伤的牙印
我在这颗果核中，这颗果核在我的嘴巴里
我要把它吞下去
体内，就会长起一棵悲伤的树
我突然把它吐了出来
在黑夜中，它从我的嘴巴以弧线掉落
滚入某块土地里
未来某一天，它会长成了一棵
和我关系越来越弱的树

徐方方　　　XU FANG FANG

1994 年 6 月生，河南商丘人。河南工业大学播音主持与艺术专业学生。

夫　妻

我们要吃米，吃面，要住
我们自己的房子，无论大小
我还想要我们的孩子，小小的一个
我爱怀孕，胜过爱人间

你曾无数次对我说，你也是这样想的
我回答说"我饿"，你写诗给我看
可是诗不能吃，情怀也不能，我
还是饿，直到现在，很多年。

"一切都会好的"，因为爱
我们互相安慰，故作轻松

分手计划

从不用怕，到不要怕
我鼓励自己，却越来越心虚
痛苦，早在两年前
就让人刻骨铭心，如一把匕首
随时都会戳破我伪装的胆子

孕育爱情的子宫已萎缩，变形
不过是类似分娩，我早就知道
一个死胎，刨根究底地从我体内拿去
它再不承载我的感情，再不吸食我的血肉
我一定会疼上几天，或者几个月
但痛苦，总会被新的妊娠治愈

卢游 LU YOU

1994 年生，江西宜春人。景德镇陶瓷大学科技艺术学院学生。诗歌散见于《诗刊》、《星星》、《青年作家》等。

浪　花

我知道你起伏的一生
我知道你，清的，抑或浊的

我是目睹了你无果的跃起又落下
才写下你
才想到那个悲伤的人——

在这座陌生的城，他曾以为
可以就此躲过一切
可以借一首诗，欢愉它短暂的分行、押韵
可以像一截静静前行在平原上的河流
独自搬运着岁月的往来

而现在，他终于清楚，一朵浪花
可以偶尔平息生活的跌宕
却始终熄灭不了内心的波澜——

一圈圈，朝着四面八方
它的扩散没有触碰到坚硬的礁石
它的声音，却回荡在
漆黑的夜晚，和一个似曾相识的梦境

知更 ZHI GENG

本名梁茹雁，90 后，彝族。楚雄师范学院汉语言文学专业学生。作品散见于《金沙江文艺》、《诗江南》、《百草岭》、《37℃诗刊》等。

统　治

抱着那捧玫瑰　就像抱着那个死孩子
得双手平摊
你的皮肤变为蓝色

透过阳光的尸骨　穿过后脑勺的勺柄

越狱人东走西荡
你占据一间屋子　用了一个英文单词
脖颈上有隐约排开的毛发
嘴角有红色赤子

孩子们变为人形炸弹
从他们善意丛生的时刻开始
日子成为无法推翻的朝代
解体成为两次以上的分尸
像你挂起来的黑色幽默的心脏
在歌唱里学圆形翅膀的鸟儿绝望

我们的马桶坏了
你笑得像一个客人
从而成为了统治

乌　头

两个采食乌头的醉孩子
在雨中开花

延伸到我们无中生有的悲哀中央的你的脸
嘲讽得与存活无关

你说　云穿过皱巴巴的栅栏
抬起一只脚时
跨过身边铺开的污泥潭

一双手
在荆棘做的女琴里繁衍生息和假戏真做
血里病重的可怜虫
吃美的假象长大
而做了贫血的亡羊

中国诗选
CHINESE POEMS

华万里　郁　葱　徐　钺　李元胜　杨犁民　游　离
叶　舟　林　莉　董玉方　青小衣

清晨，从一群词中醒来
〔组诗选二〕

华万里

积 雪

这不是创伤的白，也不是沉默的净
深陷在雪中的鸟啼
不知道是否
还保存着红如山花的声韵？依稀悬在
根腰的琴，是悲？是喜？
那株野核桃树
依然故我
泪水不够，就借来一些星辰
作为，挂在
枝头的残果。野雉
即将死去
斑鸠，也在闹着离婚。惟有那只白孔雀
绝世独立的情
还向着你
频频开屏。诗人，雪积得很厚了
它不但积在地面
也积在你的心上。它不仅
让你感到
词语的寒。同时，让你觉出
爱情的冷！这声音
转瞬即走
从不回头。这声音掠过耳畔
不知从何而来

晚 风

当我吹拂你的时候
你为什么
不说出我是晚风？说出我上午和下午
对你的耽误？说出
因我，爱才造出这一大段空白
当我吹拂你的时候
你像一只燕子
刚飞回到巢里，还在巢的入口处探头探脑地张望
仿佛还留恋我的吹拂
要将我藏进翅膀
推开做梦，还我流着喜泪的二月
当我吹拂你的时候
余霞很美，黄昏星变成一树鲜花，高高地
为你照耀。我来晚了
我不敢早来。因为
我的名字叫晚风
当我吹拂你的时候，爱依然保持着爱的形状
你正年轻，花香没有散去
水没有离开……

尘世记
〔组诗选二〕

郁 葱

低声说话

许多事情，看不清，
就不说话，
看清了，就更不说话。

圆是这个世界存在的终极形态，
但怕把话说成圆的。
那些植物、昆虫，它们容易被伤害，
太弱小太无助，
它们也不说话。

初夏风暖。孩子们在大声说话，
他们会说话，而我们不会了。
雾霾笼罩这个城市好久了，
见证这些是一件很无奈的事情，
所以更不说话。

见到了一些朋友，要说很多话，
见到了知己的朋友，几乎不说话。
早年不这样，那时候相反，
许多时候也想震耳欲聋，
可说出的时候又总是发不出声音。

觉得值得，我才说话，
我原谅所有不说话的人，

我原谅小声说话的人。
说了的话，也许就飘走了，
而真正的声音，从不发声。

年轻的时候，学着说话，
年长以后，学着不说话。
寒暑自知，沉潜、忍受、冷寂、孤单，
总是沉默，不说话。

你的深奥，我不懂，
我的浅显，你也不懂。

俗 世

经历中，总会有许多陌生，
——或者陌生的混沌或者陌生的生动，
外面的世界不断重复着，
或者简单些：不是什么经历都能成为记忆，
能够保留的那些，就是你与世俗关联的那个点。

俗世没什么不好，
它包孕所有的不俗。
我时时在红尘中，
红尘让我懂得清纯的感觉沧桑的感觉都那么好，
明亮的感觉也那么好黯淡的感觉也那么好，
浮着的感觉也好，沉寂的感觉也好。
我能做的，是放大内心的那些好，
无论如何，还是要对这个世界充满好感。

尘世，让这个世界有趣味也乏味，
也污染也干净，
我在其中，觉得肮脏了，
就想着水和叶子，
觉得洁净了，就想着风和雾霾。
思维许多时候是反向的，
这是我想象的方式，也与我的内心吻合。
红尘，无论你多近，
其实都离我很远，
而你离我很远的时候，
我就想，再远一些，就能贴近。

中国诗选

88

暗之书，或论历史〔外一首〕

徐 钺

1

此刻，梦和窗帘渐渐稀薄。风像岁月吹来
把燥热的申请陈述翻动。
熄灭了灯的屋里，一只蜘蛛缓缓地撕着飞蛾的翅
　膀
你能听到时间被黑的手套递向另外一双

星光的蝉在喧嚣。星期一和星期二过早苏醒。
被虫蛀过的被单探出你孩子的眼睛：
"您有天花吗，您有我妈妈的天花吗？
——我想，我弄丢了它。"

2

我的安静的妻子，我的安静的生活。宁愿
我们曾在一起，而不是现在：
一只兔子披着果戈里的外套住在我的家里
计算它温顺的工龄。

而我的寿命：是谁算错了一个月，一年？
黑色辩护人的上方，以死人命名的星在鼓掌。
可爱的法官伪装成燕子
用嘴筑巢，我漏洞百出的屋顶。

3

曙光像狼群在城市的栅栏外徘徊。此刻
有人怀揣我所有的证件在我的床上，睁大
他的眼睛，害怕被人认错，或者
被粗枝大叶的时代抓走。

没有酒，只有昨天烧沸的水。工作。
我和我的狗坐在门前，守着被瞳孔瞪大的卧
　室。
当第一束光从门廊外射进，我们就站立
准备：将第二束和它捆在一起。

4

像强健的蜘蛛的劳作，身世缝补着自己。
不是过去，而是那些危险的尚未到来的命运
在阴影里呵气：黎明时分
那不管你意愿的、愈加稀薄的窗帘。

你不记得，我曾和你梦到同样的记忆。尽管
那被拔掉两扇翅膀的蛾子
也还在抗争：在某个记录影片的第一幕里
变得缓慢，像一桩凶杀案的现场。像一次真相。

那些树

而这里是生着锈的黄金。我们
在遗忘的重压下紧紧拥抱昨天的词，像青铜
拥抱命运冷却的模子。

我把呼吸过你的岁月命名为果实
昨天，我们曾在它的身上取得苹果和杏仁。

用你来自雪和寂静本身，死是你钟爱的词。
尽管此刻你并不记得
花朵，——那过晚苏醒的语法，短暂柔软的过去
曾在我们漫漫黑夜的国度里开放。

原载《星星》2016 年第 2 期上旬刊

镂空之湖　〔组诗选一〕

李元胜

1

我住在一个死去的湖里，湖岸早已模糊——
变成高架桥，小区的围墙
它就像一个绝望的人，放弃了边缘
顺从地接受，塞进来的陌生时代

昔日的湖面，远远高于我家

每天，我顺着台阶往下走
感觉是在下潜，感觉是一颗疲倦的心
要回到一颗更疲倦的心里

夜已足够深，我的心也足够粗糙
这几乎是一颗沙粒，滚进紧闭蚌壳的过程
我辗转反侧，独自摩擦着幽暗的事物

2

它挣扎在孩子摊开的手里
最后的一条鱼，是它的身体
它挣扎在最后一滴水里
轻得能被光线轻轻举到空中

新鲜的泥土，轰鸣着代替了湖水
就像涂改液在抹掉一堆病句
其实到湖底以下，下沉到
自己都不知晓的淤泥之中

傍晚，我评估着白昼带来的素材
电影重新剪辑，胶片乌云翻卷
突然，隔着很多层泥土——
我感到它在下面好奇地翻了个身

3

或许，并没有过这样的挣扎
工人在不远处挖着排水沟
它最后的浅水，安静地平躺着
就像一封即将寄走的信

是的，我相信它被寄走了
连同那些柳条鱼、蝴蝶和豆娘
我们已经寄走了很多珍贵的信
某个黑色的地址

某个黑色的大地，堆满邮件
而且近在咫尺——
我在这里送过一个朋友，我们聊天
讨论人类的理性，他说
回到家，发现身上沾满了鳞片

4

"南湖在哪？"第一次来到此地的人
谨慎地在街上东张西望
"南湖在哪？"回家的人开始有点困惑
故乡的陌生最让人惊慌

它是一块巨大的翡翠
被打碎，然后散落各地
散落在构树的新叶，蜻蜓的翅膀
以及我打开的书里

只要有人提到它，它都会重新死亡一次
那些碎叶，再次分裂、扩散
仿佛是最后一次，那些缩小的浪花
舔着我的脸、键盘和露台上的植物

5

曾经路过很多湖，但只有一个湖
我终身都有带着它的湖水
认识了很多人，但只有一个人
我在所有的场景中，看得到她的倒影

那些迁徙的居民，带着它的湖水飞着
在别的地方寻找它的倒影

多年后，它的后代还在回来
蜻蜓在玻璃的反光上面盘旋，寻找
可以产卵的地方，夜鹭
发现露台的鱼池里，有新的目标

还是继续远走高飞吧，回忆
徒然增加着别扭和愤怒

6

没有一成不变的，它只是
液体的时光，时间的短暂形体
像我们的一生，被缓慢充盈
又被缓慢镂空

被镂空的湖，悬挂在夜空之下

它的居民、波浪和复杂的反光
都已被取走
它变得完美，就像那些被镂空的爱

它也悬挂在这一首诗里
那些活着，被替代成文字的荆棘
在这里散步多年，突然
我觉得自己就像一个守灵人

不止一次，我想象过它在我的眼前复活
发着金属的光
就像想象自己被镂空的青年时代
如何重新充盈，当年的浪花
其实早已被全部寄走

原载《星星》2016 年第 3 期上旬刊

爱我的人，都是把我用旧的人 〔组诗选三〕

杨犁民

爱我的人，都是把我用旧的人

背负姓名身份衣服功名命运家庭社会和是与不是
以及其他什么，在浊世踽踽独行，仿佛背一堆鲜
艳的垃圾
一刻也不曾放下
周身都是，叮叮当当的声音

爱我的人，都是把我用旧的人（我却找不到理由
恨他们）
其实那一刻我已经放下，可你们仍然没有放下
直到把我的名字挂上墓碑和族谱，像挂一具不死
的灵魂

——那一刻，我心停止，只留一堆肉身。
你看，月亮这枚唾手可得的银币，多像我一贫如
洗的一生

残 局

偏要在世界面前，摆出另一个世界
偏要在井井有条川流不息中，弄出一个死结
人群流到这里，防不住打个漩涡
下山的草寇，是想引喽啰围观，还是强手啸聚
也不管我对世事早已隔岸观火，漠然视之
一个过河的兵卒拱到了脚边，依然反背双手
到处都在攻城，到处都求救，无声人间遍布杀伐
有人无语可插，有人插不上话
天黑只剩几具走投无路的车马

唯物主义的蝉

它那么撕心裂肺地叫，把天叫得很高
把树叫得很密，它拼命地拍打着金属的身体
似乎要把心和肺，以及那根如鲠在喉的树枝吐出
　　来
把体内所有的钢铁和碎屑全部清理出去
唯物主义的蝉，它如此歇斯底里地喊
用一种机器在胸中假唱
不得不让我怀疑，如此急切地用声音
撕开自己，到底是出于生理之需，还是心理之需

它已经很空了，唱无所唱，吐无所吐
是因为哭空了，还是因为空才哭

一生　　　　　〔组诗选二〕
游 离

隐喻的生活

每一个句子都带有血痕
每一个句子，词和词咬着
像互相折磨的齿轮，发出呻吟

每一次说出都是宿命
每一次，我都没有办法说出
阴郁来自更深的内部

或者隐喻，或者我最初的啼哭
预示着什么
花草和树木，一岁一枯荣

每一遍抚摸，都加剧我的疼痛
每一阵疼痛，都给我带来平静
每一次平静，都使我接近叶子的脉搏

一 生

现在，我写下这首诗的第一行，
代表着一个诗人的诞生。
之前，我不是诗人或者与这首诗无关。

接下来，我要抚养这首诗的成长，
给他阳光、空气、水和食物
是不够的，还要给他——

欢乐、烦恼、青春期的躁动，
以及脸上的雀斑，与另一首诗
的互文、交合，为以后的生命

埋下种子，欣喜与焦虑
奔波与绝望，一首诗的重量
压在了这一节的肩膀上。

慢慢地，一首诗有了外在的结构，
看起来就像一首诗了，我开始
变得多余，从这最后一行纵身跃下。

以上原载《星星》2016 年第 6 期上旬刊

草原来信

〔组诗选二〕

叶 舟

向晚时分

南有一匹马，迟迟未归。
倒也不急，因为它叫银子，
总爱去月光下，炫耀自己。

磨坊内，一些青稞和玉米，
跟鸽子论法。关于秋天，
关于爱和酥油，了无新意。

这个时刻，鹰其实是盲人，
无视地上的旱獭、土拨鼠
和倒影。据说，佛换扶着老鹰。

三年前，寺里走了一个小僧。
今天，弹三弦的艺人讲，他在
《格萨尔》的说唱里见过他。

夕光落在大金瓦殿上，一些
护法，一些度母，正在粉墨
一气，开始巡视黑下来的人世。

哦，阿妈在喊我，一锅羊骨头
米汤，和昨晚上一样。如果那边
出现了星星，一定是有人馋了。

羊 皮

用一卷发烫的羊皮，
送别落日的猩红；
在角羚、雪豹、鹰
和佛陀的尾部，拾取
今日的徽章。用一卷
黯淡下来的羊皮，
包扎经书，让颤抖的秋天，
支撑起流徙的星群；

并指认敦煌，说出
那些飞渡的芳名。
用一卷逐渐冰凉的
羊皮，摆下酒、神祇
与悲伤的远方；眼望
庄严的母亲，
在寂灭的尘埃中，一步步
老去。用一卷
喑哑的羊皮，走进
私塾，写下最初的
光和字母；
如果大地蜿蜒，河川
盛开，就让一朵莲花代替，
走上讲台。用一卷
心灵的羊皮，
接引黑夜，保证篝火；
让一块持续的酥油，
去澄清风车，以及流言。
且看，在嶙峋的早上，
一些曙色，
一些来日的羊群，走出了
隐忍的谷地。

原载《长江文艺》2016 年第 7 期

短句

〔组诗选三〕

林 莉

河 流

在小镇，河水流动的声音
总是若隐若现
即使有时它对着绵延丘陵吼一吼
也顶多惊飞苦楝树上打盹的麻雀
它们叽喳着，扑腾几次
又落到田野里

在小镇，河水流动的声音
就像那些街头巷尾低低说话的人
开始只是一股细小的叹息
但随着速度越来越快，它就要
完全被风吹远时

它已是一种含混的呜咽

短　句

我爱着春夜的潭水
它弯曲着，沉静，幽蓝

我爱潭水中的游鱼，迷雾和孤舟
月光下，它们有着模糊的面容
窒息的美。犹如今夜
我坐在潭畔，动了不死凡心
犹如某个古老的时辰，你忽然
读到这短句，无端泪涌

一切，不多不少
恰如你所见，我爱——

我爱这深潭状清冽沉默的命运
以及湿漉漉的呼吸

大雪不曾使我们短暂相爱

连夜大雪
小镇上，雪覆盖了所有的道路
我们不得不改变了主意
屋子已被清扫
我们决定生起火炉
顺便煮好剩下的几个土豆
松木在炉火里噼啪爆裂
树丛的气味、土豆的气味、雪的气味
这一次，我们显得异常平静
我们烤着火，一边慢吞吞剥着土豆
一边看着窗外的稻草垛一点点变白
雪落在雪上
使我们变得矜持
有谁知道呢
我们曾经爱的，比所有的雪都要短暂
它很快就要把我们深藏起来

原载《诗刊》2016 年 6 月上半月刊

哑语　〔组诗选三〕
董玉方

迟　到

我来晚了，亲爱的
山已是山的形状
水已是水的样子
万物的名字已经确定下来
不好再去修改

神回到了神的位置
鬼回到了鬼的空间
那些神秘的时刻，我都没有亲眼见证
多么遗憾
宇宙因为太古老，而不记得我
死一次，活一次
反复太多，就过于透明
失去了我最喜爱的幽暗
我错过了许多重要的事情
比如父亲和母亲的爱情
比如给我取名字，比如参加我前生的葬礼
赶回下雨的家

多么遗憾
该发明的文字都已经发明
写一个错字，就会被发现
害得我，只能给桃树剪枝
给杏树锄草，看乌鸦成群地起飞
爱一个姑娘，就跟她一起
无所事事

哑　语

我左手的无名指，动了动
死去三百年的那个人
就知道，今夜雷雨交加
乌鸦落在山楂树上
短诗四句，积满池塘的水

族谱里狭窄的缝隙
长出芥菜、土豆和满面的白发
我一开口，稻子就熟了
工厂就关了，出远门的姐姐
站在路牌下唱歌

星期一，有牧童
骑着牛从贵州来
他背着三个朝代的哭声
把湿淋淋的鲢鱼
丢给我爱的姑娘

节 约

此后，我要把我没喝完的酒
轻轻盖上，把剩菜剩饭带走

那些纸张和墨水，尽量不写错别字
把没用完的大海和山峦
装进小瓶子里，想你时拿出来

我要把余生藏好，再不外借
情感和物质，比原来吝啬得多

我要有分寸地使用脾气和性格
包括仅剩不多的才华
像春蚕吐丝一样，吐出金黄的时间

我要珍惜问路的机会
多跟盲人聊天，多向智障请教

用野草喂养马匹，用蜡烛
比喻年纪，用毛茸茸的山水象征存在
手捧碎银子，不辜负春风

悬崖再美也美不过悬念〔组诗选三〕
青小衣

夜深了，我打开糖罐

每一块糖
都穿着大红大绿的新衣服

夜深了，我打开糖罐
看到
很多我
带着甜，穿透黑，夜有点发腻
而我，只能靠甜
活下去

我想变成一块糖
被那个看中我的人
剥开
含在嘴里

悬崖再美也美不过悬念

一块石头高过一块石头
被子雨水刚刚洗过，石头上还留着云朵的味道
我爬到最高的那块石头上，站在悬崖边
饮风，风也饮我

突然，我屏住呼吸，张开双臂
那是一个飞翔的动作
我想起了玉娇龙

我终于没有跳下去
悬崖再美，也美不过心中的悬念

我坐在时光倒流的地方

我喜欢坐在一些地方，一块石头
或一堆原木上。时光倒流，一寸一寸退回去
退到很远的昨天，更远的前天

那时候，只有黑白照片，彩色胶卷
都铺在野外。春天里，花粉落花流水在我的鼻尖上
冬季很漫长，一地一地的雪

我的头发没有烫染过，脸上也没有擦过脂粉
衣裤上的花都是印染的，容易掉色
能洗出一大盆红一大盆蓝

父亲从部队回来，穿着绿军装
在地里帮母亲干活。他走过玉米地、高粱地时
满地的庄稼都变成了穿军装的父亲

那时，树木都长过屋顶。活着的人都住在村庄
地上的房子里，去世的人都住在村外
地下的房子里。彼此相守，看护家园

时光再退一步。一切高度都低下来
万物都是处女身。云牵云，天空更高远，风吹风
大地更辽阔。人在天地间有走不完的路

爱情诗页
LOVE POETRY PAGE

起 风 了

□ 婧芩

风从四季涌来
风从四方涌来
风从一个不知道名字的暗穴涌来
它吹过我也吹拂万物
它吹着我的时候像吹着一个空空的洞穴

是谁拿走了我身体里最尖锐的部分
最柔软的部分和最坚硬的部分
是谁一再一再掏空了不断续满我身体的积雪和
　　白云
最后只剩下一个空空的城堡
并续积了千百种风的回声

我迫切想知道答案
我又把千百个答案按进水里
使它们成为溺死的鬼魅
这些无言的寂静是我一个人的
没有人知道也不可能有人知道
你听风又吹过来了
万物回响然后保持集体的缄默

当我站立在自我的废墟上
当我鼓足勇气要把自己吹向你的时候
你不要躲闪
你要紧紧抱住我
并以吻缄默我全部的寂静

我有多悲伤就有多快乐

一生都在一朵野菜花里寄居
秋天的门槛低矮
暮年里埋藏着清苦的身世

柔弱　苦涩　幽微的香气
弥漫在这个菲薄的秋天向晚

风吹过暮野
一直吹
不停吹

只有风
也只有风
是虚化的衣衫

我缓慢走向你
说清风滚滚
草色无边

还说
此生遇到你
我有多悲伤就有多快乐

我不能用盛世的明媚恨你

七月流火
八月妖娆
我已用尽水的余光与激潋
六月的莲与九月的残梗留在画里
剩下的冰封在一场大雪中

我不能从一场回忆里
轻易抖落出雨水
雨水就是泪水的宿命

虚构一座庙宇一阵钟声
一场大雾恍惚的模样
多像迟到的亲人
他带来春天的露水、鸟鸣和暮年回忆的阵痛

我不能用盛世的明媚恨你
也不能用余生的阴翳去爱你

爱情诗页

97

我们俩

（外一首）

□罗凯

除了两个身体，在天地之间
还能有比我们俩在一起的事物更为重要。
比如，两条从唐诗里流下来的河流
只隔一座山
总想着交汇流放的波澜。
再比如，两棵在宋词里存活的树，近在咫尺，
　　在惊风冷雨里
总想着重叠，拒绝飘零的枝叶。
还是比如，两片躲进内心的云，在深不可测的
　　蔚蓝里
总想着游历人间，始终保持干净的灵瑰。
最后的比如，这世上，昼夜之间
会有谁能看见，尘埃里那么安静的
一阵鼾声，碾压另一阵鼾声。
而今夜的窗外，并没有来到床前吟诵的月光。
我们俩
要乘夜继续，真实的
生活，只在一张床上。只在
一个屋檐下。只在
一个无边的夜晚。只在
一个国度。

一起坐着

一对木椅，有用得很旧的暗光
从扶手到背靠，能拂出我和你渗透很久的指纹
　　和身影。
在阳台

对于午后的阳光，多么需要你的味道晃着身进
　　去。
只是此时，透过竹帘的光线往屋内，雕刻着经
　　过客厅的风。
我们，需要一起坐在，沉寂不下来的世界
望着窗外
会看见一对麻雀，离开一群麻雀，跳落在屋檐
也挨在一起，是等着风声么。
我们就这样坐下来，在西照的阳光探底的地板
　　上，仿佛只剩下时间。
我用一本书，翻遍下午的时光
你呢，手生长在微信里
拉出会移动文字的，一扇扇透露着目光的窗帘。
我们在社会里，是坐在一起的事物
多么像一对分不开，摆在尘埃里的青花瓷瓶。
并不用刻意
安置在某个年代的层面
或是在这，或在那，已都不重要。
然而，我们彼此面对面，交流一下目光
却什么话，也不用说出来。
你感觉在眼前，有座靠得住的山峦
而我，只会觉得有一条很在意的河流，在呼吸
　　的一侧
那么安静，我和你
相互引领着对方。
面对生活，每天匆匆尖刃的到来
总是比想象的
太深。

爱

夜色又一次放大。深山空寂
连祷告的人也收了杂乱之心
没有哪种灯光能拨动人间的不安：墙角的蔷薇
绿色里的幽光，安静的祸心
而我总在人间深藏欲望
神许我，做这些草木的女人
（我多么不小心，要这么多危险）：许我随之枯
　　萎
——死亡
赞美这样的结局：随它们一起腐败！
也许我是朔风的枝头上最后一次苍老的呼唤
在雪光惊起的斑斓里
散发苦艾的香味，又重新被爱占领

如果爱我

如果爱我，就沿着天空下
风压出的纹路走下去
路头，蓝色的花朵
正急促地开着。如年的声音里
一定有一只小松鼠，惊开
红树林的慌乱
枝头落满成片成片
呼喊的火焰
我又怎样告诉天空，是晚云
无法逃离的沦陷？

而此时我也要爱上你
我的体内便深埋了旷世的风暴
栖于蝶翅上安静的俗称

公　园

那些落叶的尖叫，已淹过草尖
如果此刻是黑夜，是不是风声掳起的战栗

昨日天气是否晴好？落日之前
你是否和我一样来过？
是否在公园的拐弯口
观看蔷薇开过？那些灿烂的小火炬总是把内心
　　的时光烧成灰烬

现在，我们是否
是否——
是灾难后的两个穷人，急促地抓着晃动的名
　　字
在夜色里互换心口上仅存的疼痛？

多么温柔的一天

多么温柔的一天
空气疏离，阳光籁籁地下落
许多植物在窗台上摇曳：蔷薇，月见草，茂密
　　的小金钱
这么多的絮语，在波纹里颤动

我在白纸上画着不同的圈圈
仿佛一个人不断萦绕的内心
哦，他指上的光亮，让安静的午后
惊慌，迷失
仿佛春天的河流，又在身体里倒回

天空的蓝，有多透明
在宽阔叶的后面，辽远得
和爱情一样无边
而我们和时光一样，无声又不停地相遇

此刻，若有细微的风从窗口吹进
一朵云消失在火焰里
我们便低呼彼此的名字，不叫亲爱的
也不要姓氏
你看，仿佛夏天已在我们身边炸裂

散文诗章
PROSE PSALMS

向低处致敬（二十章）　　　　　　　徐澄泉

向低处致敬（二十章）

□徐澄泉

向低处致敬

人往高处走，水向低处流。

趋高或就低，都是向往。

前者奢侈的理想，反衬后者朴素的现实。

高山或流水，都是抒情。

虚心学习高山，虽好高骛远，极目驰骋，却在足下的一草一木一花一叶中吸取力量，从低处出发。

虚心学习流水，脚踏实地，向低处前行，一路欢歌。

向低处鞠躬。

这种姿态，优美，健康，低碳，是明智之举，理想之境。

低些，低些，再低些！直抵低处幽深的风景，发掘低处丰富的蕴藏。

而那些原本就存在于低处的事物，就会对向低处致敬的行人，致敬！

诗与花

一朵寂寞的小花，委身墙角，喘着微弱气息，寂寞着她的寂寞。

一位孤独的诗人，高居楼阁，一边研究文字和古玩，一边吸食尼古丁和咖啡因，挥洒大把光阴，孤独着他的孤独。

风雨坍塌了象牙之塔，尘埃淹没了僻静小巷。劫后余生的诗人，对废墟吐一句叹息，救活了奄奄一息的小花。

——阳光，雨露，氧和肥，爱和笑，浇灌一株小生命。

——一缕余香，如雾似岚，报答救命的大恩人。

奇迹惊现：小花挂满了诗的叶子，诗人散发着花的芳香。

谁能占卜我的命

日子像树一样越来越瘦，我却越长越肥。穿过深秋缤纷的落叶，我把一段路走得斑斑驳驳。

一棵单薄的树，被风追赶到了我的前面，等待我的追赶。树在风中瑟瑟发抖的样子，就是我印象中乞丐的样子。我并不打算与树合作。我停顿下来，拾起两片树叶和一股风的影子，占卜我的来路和去向。猛抬头，就看见了雪山。几缕阳光打在雪山的额头上，神的头颅闪闪发光。

一只鹰从天空俯冲下来，衔了我的帽子又飞回雪山的高处。我怀疑：这是一个偶然的事件？还是神谕的必然！

我该何去何从？是从来路回到历史的深处，做一个祈求时间轮回的乞丐呢？抑或乘着鹰的翅膀飞往高处和远方，尝试过一回神的生活？

树与乞丐，雪山与神，鹰与帽子，都不回答我。

葵花生存宝典

向日葵，花儿黄，朵朵花儿向太阳。

——儿歌

1

叫他向日葵？显得俗气。

叫他葵花？则有一些高雅。

比如革命战争年代，我们把二狗叫作"二狗同志"。

那时候，我们的头颅向太阳！

2

向日葵是一个好哨兵。

在阳光下望风。

一旦太阳逼近，他就以手势和微笑，告诉月亮——

"快逃！"

（向日葵，貌似月亮的消息树……）

3

见风使舵的，可能是艄公。

趋炎附势的，绝对是葵花。

空中，太阳霍霍燃烧。

葵花一头迎上去，低下高贵的头颅，奉上一脸媚笑。

4

梵高的向日葵，是以鲜血为颜料画成的。

梵高的向日葵，形状酷似梵高本人，及其血淋淋的耳朵。

5

从前的葵花，孤身一人。

从前的葵花在烈日下，战酷暑。

现在的葵花，多子多福。

现在的葵花，团结一致斗风雨。

随草走向天涯

我不是草。但低于草的智商。

我只能复述关于一窝草的梦境。

我误入一片废墟，以为闯到一座乱坟岗——断壁残垣，颓楼残骸。钢筋，水泥，砖瓦，木石，垃圾，这些碜人的尸骨，都附着旧主人的气息：腐败，迷魂。

我迷离了双眼，不知东南西北。

惨白的月光泼向废墟，我又打了几个寒颤，身子摇摇晃晃，目光摇摇晃晃……

谁啊？谁在向我招手？

——一窝草！一窝蓬勃的草，站在废墟的豁口上。

我循着草的方向，走出废墟。

我感激草的指路之恩，拔起其中一棵，把它种在一片肥沃的土地里。

一觉醒来，满目绿油油的小草，从我脚下，伸向天涯……

悬在空中的巨人

宛如一棵巨大的树。

他的触觉深深扎入大地，接近地球的心脏。他感觉：地球的脉搏比他的心跳还快。

他的头发，被风拉起，从太阳和月亮的脸上掠过，巨大的琴弦优美地律动，发出希声大音：比风大，比雷响，比雨点密集，比雪花晶莹。

他的脸，他的嘴，他的鼻子、眼睛和眉毛，一树浓荫。

悬在天地之间。他的主干和枝丫，我们凡人看不见。只有他，掌控着我们诸如此类的物件，支配我们的心情和想法。

如果此时，他是圣人，是神人，是真人，是至人，他一定首先占据着人类政治的制高点，俯瞰众生；他鲲鹏展翅九万里，遨游宇宙，心骛八极；他以人、动物、植物的精气神炼丹，凝为一粒微尘，小世界而大境界；他是超越时空的道德范本和旷世楷模。然而，我们凡人摸不着。

他真的以为自己是巨人了。

他并不知道：他只是人类玩弄的一个阴谋，一个假说，是不可企及的空幻！

氤　氲

一阵风，一股气，在山间流动，在水面轻浮。它在我的房前和屋后，悄无声息。

貌似一种质地很好的材料：宣纸。

正好。作一幅山水画，写一首朦胧诗，谱一段舒缓的乐曲，挥几笔自由的行草，跳两支美妙的华尔兹。

远观和近抚，都是上好的艺术。

月辉倾洒，为它催梦，梦境幽深；

阳光来袭，给它镀金，虹影迷离。

确是一匹质地绝佳的丝绸！

使我，产生抚摸的欲望——

一手伸进去，空空如也；

一把抓起来，空空如也；

一步跨进去，除了空，还是空。我被巨大旷远的空，陷入了迷蒙，沉入了迷梦：天啊，我发现了狐仙的妖媚！

我要战胜这个迷人的妖精。我以理性为武器，奋力挣扎和抵抗，迅速撤回到现实的高地。从此，逢人便讲——

"氤氲，又名陷阱，亦称猛兽。呈现死亡之色，散发尸体的腐味；表面温柔美丽，内心恶毒阴险。擅长以假象和虚幻，诱捕失去理智的迷途者。"

当石头遭遇良心

一个揣着石头的人，一个揣着良心的鬼，狭路相逢奈河桥。

石头冷对良心："摸着良心过活，石头也能开花，结出鲜红的果。"

良心笑答石头："摸着石头过河，良心就能靠岸，踏上复活之路。"

捕鱼记

左手掷出一块石头，右手拎起一条肥鱼。

我在梦中水面模仿远古初祖，以朴拙的技法生存，或者劳作。

以及古朴的歌唱——

"断竹，续竹，飞土，逐肉。"

我把一条鱼的纹身，当作象形文字理解。

正是梦醒时分。一轮明月挂上树梢，鱼眼眨动夜空，挣破一张巨大的网。

石头玲珑心

玲珑的石头裹紧自己的身体。

风，吹不皱石头的表情，洞悉不了石头的喜怒和哀乐。

玩石的人，太喜欢这样的石头了。他抱着石头走进日常生活，入睡，在梦中呼喊："芝麻，开门！"

奇迹出现，顽石开花。

石头呈现的八个花瓣，好像秋天八条兜风的山谷，又像春天八支盛水的溪涧。石头制作的八音盒，演奏若风若水的天籁。

玲珑的石头最终回到现实。

结果：比历史上那个叫作比干的丞相，心眼还多！

喊 疼

秋风被牧羊人的鞭子赶到尽头，无处可逃，喊疼。

树叶从枝头一跤跌到低处，遍体鳞伤，喊疼。

蟋蟀被瓦砾压在底层，叫哑了嗓子，呼地不应，呼天不灵，喊疼。

蚯蚓被泥土越弄越脏，越糊越厚，喘不过气，喊疼。

南飞的大雁，把脆弱的影子掉进险恶的江湖，捡不起来，喊疼。

月饼和月亮被人咬成缺口，不能复原，喊疼。

而最该喊疼的，是那个把异乡的月亮当做月饼，或把故乡的月饼当作月亮，狠咬一口的人。但他的疼藏在喉咙的深处，他不喊疼！

一地碎银

桂花撒在干净的地面，一地碎银摊到了纸上。

我匍匐在地，蘸月光洗耳，听到银子叮叮当当被风敲响。

我手捧丝绸，浇阳光擦脸，看到银子羞羞答答的表情。

我闭目禅思，邀秋雨入定，却被吴刚新酿的美酒熏醉。

银色月，阳光脸，桂花酒，阒阒都是醉花阴。

忽如伊人缥缈的碎步，在秋水之上晃过。

又似一抹挥之不去的氤氲，在一个人心中弥

漫。

　　正好是：人闲桂花落，心宽浮暗香。

随　便

　　我是一个随便的人。

　　我把果皮和纸屑随便丢在地上，污染了整个地球。

　　我随便吐出一口浓痰，一些病菌就在地球上弥漫。

　　我随便射出一发子弹，就把地球打了个洞。

　　我随便穿越斑马线，随便冲撞红绿灯，就改变了地球的秩序和规律。

　　我随便一次心跳，地球就随之搏动。

　　我随便一个想法，就决定了地球的明天和未来。

　　如此这般，我随便地对待地球。

　　如果随便哪一天，地球随便反制我，随便一个喷嚏，随便喘口粗气，随便一声叹息，随便一个小小的动作，我就会如同一粒微尘，从一件衣服上被人随便抖落，在茫茫宇宙中，随便地飘啊飘……

　　其实，我原本就是一粒随便的微尘，随便来，随便去。

被记忆的锋刃划出伤口

　　一梦醒来，我语出惊人——

　　怀念，是被记忆的锋刃划出的一道重重的伤口。

　　哲人曰：记忆，是一生一世注定的因缘，是朝晖对于烈日的启迪，是夕阳对于烈日的感悟。

　　诗人说：记忆，是永生永世恒定的节目，是前世对于今生的预演，是来世对于今生的再现。

　　人们啊，我看见了你们的前世、今生和来世——

　　一些声音，色彩，形状，正以一把盐的形式，在你们的伤口上，抹来抹去。

　　这些记忆的分贝，时而铿锵明亮，时而低沉黯淡，时而喑哑苍白，把你们的人生演绎得淋漓尽致。

　　这些记忆的颜料，赤橙黄绿青蓝紫，在你们红色的心上，挥舞如椽大笔，随意涂抹。

　　这些记忆的颗粒，像飘浮不定的尘埃和东游西荡的飞虫，有时让你们如鲠在喉，有时使你们甘之如饴。

　　人们啊，你们陷入怀念的泥沼，谁人，能够自拔?!

　　而怀念，就是被记忆的锋刃划出的那道——重重的伤口，也在我的心上，殷殷地，浸着血。

穿过阳光：回家或出发

　　深秋，一个人被一片落叶击中。他没有皱纹的额头，被伤痛，刻下几缕皱纹。

　　一瀑阳光从天而降，撒进他的内心。一阵清风平地而起，洗涤他的创口。一服良药，恰好敷在伤口上。

　　黑暗与灰尘，忧郁和痛苦，落叶或刺，影子一样消失。

　　微笑，爱情，花朵，越开越艳。

　　心情灿烂，黄金闪亮。一个人，沿着闪光的路，回家，或者远行。

当露珠爱上绿叶

　　独自幽绿。

　　一片绿叶，在晨曦的枝头荡来荡去，有点寂寞，有点沉闷。

　　一粒露珠爱上他。她把全部的身心交给绿叶的怀抱。

　　娇小柔弱的露珠啊，她的爱情经不住一缕风的干预。风，一动不动。

　　刚从梦中醒来的翠鸟，轻轻说了一句，表示祝福。翠鸟不敢放声歌唱，他有沉痛的教训。他怕惊破露珠的心思，把一场甜蜜的爱情，如他痛失的覆卵，不小心打翻在地。

　　多么善良和真诚！这些邻居美好的品质，足以感动露珠的内心，激励她更加深沉地爱着绿叶。

　　因此，我们所看到的露珠，才是晶莹剔透，从外到内，散发出闪耀的光芒。我们所认识的绿叶，才会坚定执着，不怕风吹和雨打。

　　因此，我们由此开始的大大小小的日子，都

是一片绿叶，都如一粒露珠，鲜活而且闪亮。

青萍之上

立于青萍之上。

一只蝴蝶勇立潮头，静观远方风景。

——鱼翔浅底。蜻蜓点水。莺燕呢喃。鹰击长空。还有一对深陷泥潭的爱情中人的卿卿我我，都与蝴蝶无关。蝴蝶，只在心中，保留一缕芳香。

一只大象躲在蝴蝶身后。大象，被蝴蝶驯服成一只小兔、一只小鼠。蝴蝶不飞，大象不动。蝴蝶歌唱，大象聆听。蝴蝶所想，亦是大象所思。

一朵花，从蝴蝶眼前晃过来。蝴蝶轻轻一飘，稳稳落在花蕊中。

蝴蝶，回到了她的港湾。

大象猛醒。大呼一声：我来也！猛一跃，沉于青萍之下。

大象，何时才能回到你的森林！

神　水

一滴苦雨，一片冷雪，从天上飘下来。

两张透明的翅膀，像天使一样，无形，轻盈，闪亮。

天使的梦想，就是雨和雪的梦想。

来自高处的尊者，最终流落民间。出身高贵的雨雪，派不上用场，成为乡野孤魂。她们仇视阳光和温暖，躲避人烟和通衢，出没蓬蒿屋檐，田畴山脊，与豌豆麦苗为伍，成为农夫村妇的座上客。偶尔闯入森林和城市，而后被密集的树叶和人声，淹没得找不到归路。

梦想成为神水的雨和雪，没能成为神水。她们只是至尊的神，激动时，从高处，抛洒的一滴眼泪和一丝唾液。

石头剪刀布

这个游戏，我们都来玩。

一匹上好的布，也可以是丝绸，一刀划过去，事物一分为二，成就一个伟大的哲学命题。

丝绸，也可以是水。

举起你锋利的刀，一刀砍下去！

斩不断，理还乱，水更流，落入诗人无端的闲愁和世俗的窠臼。

那个不慎的落水者，其实就是勇敢闯入的石头。

他以其重量级的身份，坚硬的质地和沉着的内心，果断地一锤定音！

一场悬疑的游戏，到此结束。

谁输谁赢？孰是孰非？

抬头，或低头

天一亮，我就抬头望天。

两颗星星，上帝的两只眼睛，注视着我。上帝尖锐的目光，穿透我的内心，令我醍醐灌顶。为人一世，从没把上帝放在心里，而上帝，竟如此眷顾我。

我愧疚地低下了头。

一些事物，也随我，低下了头——

天空和飞鸟，风和雨，雷和电，霞和雾，霜和雪，向大地低下了头。

高山向小丘，大树向小草，江河向大海，鱼向水，低下了头。

一群肥硕的牛羊，向青青的牧草低下了头。

一只高傲的公鸡，向一只卑微的虫子低下了头。

一匹凶恶的狼，向清澈的河水低下了头。

我生性谦卑的父老乡亲，向土地、禾苗和粮食，深深地低下了头。

蝴蝶和蜜蜂，向花，低下了头。爱情向玫瑰，低下了头。

人类向自然，低下了头。

梦向现实低下了头。思想向行动低下了头。

最终，太阳向黄昏低下了头。生向死，低下了头——

脱帽，敬礼！伴着枪声的音乐，一个英雄向另一个英雄低下了沉重的头。英雄，向真理，低下了高贵的头。

意境，比天空更高远，比上帝还深邃！ Z

六州歌头·塞北长歌

云飞万里，看四野如穹。平沙尽，征尘净，水澄清，绿波凝。塞，地苍莽，天寥廓，景瑰伟，风雄壮，气恢弘。日落远山，隐约毡庐外，点点分明。有牛羊遍地，更牧马纵横。宿鸟还惊，荒漠，驱可汗，断弦声。盛威名。胡未灭，人先老，业垂成，鬓将零。谁道开疆远，又鼓角，入西京。昭君泪，妆惨淡，苦伶仃。便作胡笳无数，文姬在、难诉衷情。剩有千秋恨，都与世人听，儿女豪英。

长天明月，也曾圆缺。见说当时湖畔柳，此际空垂白雪。留恋否、杜鹃泣血。多少回眸凭栏处，纵梅花枝瘦心千结。香似雪，又谁折？

梦里繁华，但闻河洛声如喧。故国且凝眸，正关山飞雪。

雨霖铃·晚桂飘零

秋深情切，桂花凋落，不肯停歇。无端萧瑟暮雨，飘零满地，轻香微发。路静晨初清晓，有低语声壹。却道她、柔质如依，付水随尘竟契阔。

年年寂寞人伤别，况而今、岁晚霜寒节。卿卿记取来日，残暑在、灼云弯月。雨横风狂，虽有芳馨，也无从设。念此事、婉转心怀，委曲何曾说。

蓦山溪·聚友

潇潇新绿，绿满湖边路。谁约向幽深，倚春水、阑干近处。待回仁、红颜苍发，廊外但声闻，听笑语。风华渐老，幸一湖烟雨，相伴去。休问他、何方钟鼓。有诗书在，况酒洌茶香，杯且举。沧波注，水碧情如缕。

贺新郎·次韵友人

往事向谁说？尽随他、天涯万里，雁心明灭。犹记春风苏堤路，缥缈流云相悦。但忆取、飞来灵阙。烟雨西泠人归后，剩孤山倩影留清绝。冬雪冷，映寒月。

人生落寞伤离别。更关河、

石州慢·中州吊古

蔽日黄云，萧瑟老藤，寒气如咽。中州千古风云，碧水清流伊阙。苍茫暮色，嵩岳寂寞无言，更凄然一弯残月。休说。

犹记帝京时，汴梁灯明灭。虎牢关外，陉彼北邙，竹林酒洌。铁骑簧婴婴，落日沙场凝血。一朝销尽，几代

念奴娇·时事

江山万里，更千秋青史，几多陈迹。百载沧桑风共雨，大漠恨长河泣。六十沉浮，卅年繁兴，盛世如何觅。路遥人迥，又藩篱障坚壁。故国一代风流，谋华夏梦，展垂空鹏翼。李广惊弦曾射虎，汉武赫然功绩。法则身行，柔肠笑语，纵横闻征檄。金瓯重整，尚期民主新习。

卫军英诗词选

瑞鹤仙·西溪饯别友人

雪连亭外树，行渐远、却向渔樵问渡。寒溪旧时路，腊梅花凋尽，几番回顾。花期竟误，幸有她、新蕾无数。且殷勤记取，春信报来，无论何处。

漫道人情世故，梦影萍踪，水流舟住。茅风与否？佳期在、共鸥鹭。尽一尊浊酒，人来人去，风流延饮日暮。念花开楚楚，从此莫相辜负。

沁园春·宫墙柳

漂泊浮尘，四月杨花，帝阙觅踪。正红墙曦照，剪裁丽影，绿波微漾，拂水迷蒙。最是无言，年年柳色，阅尽春秋依旧风。谁牵系、向角楼夜月，残漏声中。

紫城寂寞相逢，任雨打风吹魂梦空。念明疆辽远，传诏塞外，清廷路近，喋血深宫。冠盖京华，重帏秘幕，咫尺天涯看钓翁。宫墙柳、惯天机大事，犹自从容。

八声甘州·咏蝉

向轩窗绿意满欣欣，偶有早蝉飞。正檐歌婉转，清吟晨唱，晓梦初回。夏日栖枝高处，不理世人非。一缕随风远，轻翼难追。

每日幸伊为伴，盛衰浑不问，寂寞相依。念平生际遇，此物历来稀。树荫深、谁知踪影，但约君、寄语且无违。神交久、对空凝目，释卷称奇。

木兰花慢·西湖会友

雨湿湖畔树，翠黛浅、淡妆新。向曲院风荷，清嘉无限，绿叶缤纷。柳堤上、回望处，正画桥无语秀罗裙。雾色真情。

三潭印月，和风十里烟熏。谁知昨夜远行人，萍踪更销魂。想梦里钱塘，孤山外、凌波醉中西子，何似今晨。道浮光掠影两三分。此去勾留一片，退思天际轻云。

临江仙·湖海吟余

常道青春人未老，诗书但觅空灵。长歌如画画如屏。娉婷楼上坐，纤笔手中擎。满目江南山色绿，红颜谁寄真情。曾经沧海水波平。又当风雨后，何妨且吟行。

渡江云·荷花词

轻阴微雨后，风荷曲苑，菡萏叶田田。绿波争入目，青盖亭亭，仪仗簇旌幡。天然流韵，妖娆处、自有婵娟。却任她、晴晴雨雨，无语独凭栏。

阑干。一枝清艳，出水芙蓉，洁质犹绚烂。多少泪、萦怀心事，欲向谁言。芳华寥落何曾晓，莫要看、人影翩翩。明月夜，岂知寂寞红颜。

□ 特邀主持 三色堇

FU TIAN HONG

傅天虹

该保留的，依然保留

该干枯的，任其干枯

活着

就有成材的勇气

它新的生命

在嫩枝上起步

——《倒下的树》

傅天虹

1947 年生于南京，祖籍安徽。文学博士。北京师范大学珠海分校华文所名誉所长、文学院教授。

诗作入选《百年新诗》（谢冕主编）、《中国新诗百年大典》（洪子诚、程光炜主偏）等选本。《中国文学通史》、《中国当代新诗史》、《香港文学史》等书均有专节介绍。文学创作与文化活动跨越两岸四地。目前致力于"汉语新诗"和"中生代"的命名研究和视野建构。

主要作品

诗集：

· 《酸果集》 香港诗人协会 1985
· 《星岛小诗》 香港金陵书社 1990
· 《流入沙漠的河》 台湾中央出版社 1990
· 《香港情诗》 天津百花文艺出版社 1990
· 《夜香港》 广州花城出版社 1990
· 《天虹山水》 香港金陵书社 1993
· 《欧行漫笔》 香港银河出版社 1995
· 《雨花石情》 香港银河出版社 1996
· 《天虹十四行诗》 香港国际炎黄文化出版社 1997

· 《香港抒情诗》 香港银河出版社 1998
· 《傅天虹短诗选》 （中英文对照） 香港银河出版社 2002
· 《傅天虹世纪诗选》 香港银河出版社 2004
· 《傅天虹诗存》 作家出版社 2008
· 《傅天虹小诗八百首》 中国文史出版社 2009
· 《四地沉吟》 作家出版社 2009
· 《校园小诗》 香港国际炎黄文化出版社 2011
· 《移动的音符》 香港国际炎黄文化出版社 2013
· 《远方有只鸟》 香港银河出版社 2015

倒下的树

不，风暴中倒下的树
并非你所想象的那样绝望，那样痛苦
没拒绝晨光的沐浴
没拒绝细雨的爱抚
没拒绝大地的保护
该保留的，依然保留
该干枯的，任其干枯
活着
就有成材的勇气
它新的生命
在嫩枝上起步

夜香港

光的神秘
溢出指缝
流动的是各种肤色
入夜
香港的美
全浮在海上

摇红摇绿的摩天大厦
是宝石花的
翻版
夜总会是最亮的一把星星
正用全裸的耳朵
在潜猎
鲸的声音

人欲横流
物欲横流
香发流成瀑布
渴望
膨胀
沿曲线上升

夜香港
珠光宝气
连天上斜挂的月

也闪烁着
一枚银币的
眼神

慈云山木屋歌

向慈云山
借一袭坡地
从此
枕月而眠

不再惊恐
房东太太的脚步
无忧无虑的小木屋
沐浴野风

太窄小的空间
挤走了空白
太低矮的环境
容不下世俗

而我酣然
时有一夜躁动
黎明　这小小的巢中
便恬恬地飞出一群诗雀

残　雪

听风听雨
听三月
在画栋的飞檐
挂一轮黄昏

树在叹息
吹落的叶子
少女风干
不再拥有春天

金鱼缸破裂于偶然
失去形状的水
流浪
成了惟一的语言

何时炊烟才能丰满
我期待一部诗丛
能用梦中纯白的和平鸽
设计封面

高大的红山茶

在山顶缆车站的
卢吉道上
有一棵高大的红山茶

借助太阳
它的嫩叶
闪现出那么多美丽的色彩
从油绿、蔚蓝直到深紫

它懂得
以蓝天为谱
就会拥有一串快乐的音符
一棵充满自信的红山茶
醉倒在
自己的影子里

火 浴

不是杂烩
就是拼盘
生命是否还会像金橙一样
浑圆

有人为了爱我
也去爱诗
月亮在暗恋之中
走成阴晴圆缺

而我匆匆的行色
只在半空移动
司母戊方鼎早成故事
瓦釜陶罐也留给了少年

我仍未成型

但坚信会有一季潇洒
有朔风
就有示威的腊梅花

夜行者

奔向大海
势必泥沙俱下
浑浊了
但浑浊不就是生命

尽管有人嫌箭不够锋利
又抹一层毒药
路
仍在脚下延伸

尾声也是启发
夜幕垂落
舞台上
酝酿一幕新的开始

没有节拍的歌
是不完整的
星空灿烂
一颗星星就是一道试题

黄 昏

以几种假设挽留
灵魂，还远在路上
缓缓移动
你的背影移动

左一拐弯
拐成一个问号
右一个拐弯
拐成一个问号

满眼都是问号
你的名字越走越小
夕阳跃起
然后死亡

航 程

何必用井绳
去测量水的温度
一百种情绪
我选择孤独

心早随风走了
被冲击成的小岛
日夜感受的
都是波涛

没有人知道
夜的来历
今晚满怀踌躇的月色
又开始
醉人心魄的航程

窥

一横槛的石头
一廊廊的石头
凹凹凸凸的雕花石头
似乎冷感

如眉小月升起
信风拂动的
不知是哪一个朝代的
帐帷

岩石般的生活

突然活动起来
一个巨大的暗影
扩散且沉默

由于雨的缘故
芭蕉叶子湿漉漉的
像舌头
一样柔软

那座古庙
欲望变成了水
佛手
都成了鱼

黄河远观

囚禁着
形形色色的情绪
在狭狭窄窄的河床里
流动
常常泛滥成灾

龙有龙的特点
居高临下的专制
口大如盆
咆哮声
震撼天宇

一条苍黄色的图腾
惊悸
凄厉地唱进号子
历代纤夫
步履蹒跚

弥漫的雾气
掩饰不住
被扭曲的历史
一条河走了五千年
还没走进清白

武侯祠前

古柏不语
寒鸦不惊
从烽火狼烟归来
自立
在乡间

大勇者
大智者
而今堂上端坐
一脸
天赐的安详

我远道而来读你
读不出腥风血雨神机妙算
倒感觉人生
最高的境界
是自然

诸葛先生
莫非你悟透真谛
以一座祠堂的容颜

自度
也在度人

重访秦淮河

河的栏杆
是一段一段的联想
是往古的联想
唐宋元明清的联想

挣不脱的是战火
秦淮月在商女的笙歌中升起
在舞影血光中
在杀声以至口号声中升起

而今的一段流出阴影
归于平静的秦淮河
突然又由平静
变得多欲

发财的欲望尖锐如犁
板结的古志书上
如今一个个石印的字
都泛起骚动

大三巴偶感

风景依在
牌坊傲然
交融出来的朦胧
就像一首风格独特的
新诗

总有几片落叶
徘徊在阶上和阶下之间
世人目光
总在开掘

尽管老榕树
缠死了大三巴的黄昏
排列仍是有序的
那是一种重组

大观园

庭院格调依旧
残红遍地
暗处
风在传播小道消息

葬花的继续葬花
调情的继续调情
白莲花浮在水面
似睡似醒

红楼里突出梦
梦里突出的都是些熟悉的名字
构成了
今夜的情节今夜的内容

皓月
从假山石后探出头来
一个大家族
仍活在谎言之中

汉语新诗与汉语新文学的学术辩证

——从诗人傅天虹的文学状态与学术追求谈起

□朱寿桐

随着汉语新文学讨论的次第展开，汉语新诗概念亦逐渐浮出学术的水面。在这水面上扑腾得最醒目也最热烈的无疑是诗人傅天虹教授。他的文学状态在一定意义上典型地显示着汉语新文学和汉语新诗的价值内涵，他的生存状态则是对汉语新文学和汉语新诗概念必要性的一种必然阐释，至于他对于汉语新文学和汉语新诗学术倡导的热心，也确实印证了上述判断。或许，通过这样一个有价值的个案，对汉语新文学和汉语新诗的学术辩证将会显得更加有的放矢。

1

傅天虹是一位在祖国内地成长起来的诗人，金陵旧地的文化碎屑和风雨如晦的人生历练为他的青春注入了诗的意趣，也为他的诗注入了生命的欢悦与惆怅，这些因素铸成了他诗歌的魅力，使他在南京这样一个历史文化古都和人杰地灵之地连续获得雨花奖，并成为一个崭露头角且逐渐羽翼丰满的诗人。

以这样一个诗人的身份，傅天虹进入了台湾。他的至亲都在台湾，台湾是他的第二故乡，他本可以成为一个凝结着宝岛之魂的诗人。事实上，在不长的时间内，他与台湾新诗界结下了不解之缘，与相当一批各个年龄段的台湾诗人结下了长期交流的盟约。然而他选择了香港，在他的航程甫离台湾之际，他连一片云彩都没有放过，就像他当初离开大陆，对大陆一切精神的系念都从没有放下过一样。卜居香港的傅天虹几乎一无所有，但他带着两岸的诗性灵魂，精神上曾经是那么富足而充实。他在香港用自己擅长的木匠手艺，顺着诗人灵感的指引，为自己筑建了一方（用"处"、"所"、"座"、"间"作量词似乎都不合适）半山木屋，就此安己之身，立诗之命。他依然弹奏寂寞的箜篌歌唱着心中的诗，有时甚至面对着半山的磷火。不过他更多的时间化成了一座汉语新诗的桥梁，连接着大陆与台湾，沟通着海外与中国。他创办当代诗学会，兴办《当代诗坛》，接待南来北往的诗人骚客，组织各种诗歌论坛以及联姻于两岸三地的诗歌互动活动，组织出版各种诗歌出版物，等等，这是一座虽不蔚为壮观但却繁忙高效的诗歌立交桥，既连接两岸又连接海外和港澳，既连接诗人又连接文学活动与诗歌出版。

取得香港永久身份的傅天虹在十多年前想到了澳门，并将自己的家搬到了澳门，在那里继续从事自己的诗歌写作和诗歌活动的组织、诗歌作品的出版发行工作。但他基本上拒绝了与当地诗歌组织的往来，也很少参与当地的诗歌活动。他带着一座立交桥必有的累累伤痕告别了诗歌立交的岁月，然后以一种决绝的有些偏执的态度进入了诗界"闭关"的状态。直到2005年北京师范大学珠海学院招请他加盟教授行列，他恢复了参与或组织诗歌活动的热忱，一面却不得不面临着成为文学教授的方向性调整。不过随着这样的调整，他又售出了澳门的住处，在珠海安家落户，重新做回了一个内地人，只不过是一个怀揣着香港身份证并且几乎每周都会回澳门的内地人。

傅天虹的诗歌创作和诗歌活动注定会在新诗历史上留下痕迹和印记。但是，他的身份和归宿将会成为一个难以处理的史述问题。他成长并成名于大陆，并且现在还在内地工作，但他无法被界定为内地诗人，因为他早已经不是内地人；他的亲人主要在台湾，离开大陆的原先目标也是去台湾，但他没有选择台湾，因而无法被认定为台湾诗人；他近十年来的主要居住地和主要活动场所在澳门，但他是香港人，不能算作澳门诗人；他虽拥有香港身份证和护照，但香港对于他来说只是有时客寓之所，而且他已经长期脱离香港诗歌界，很难再被称为香港诗人。当然我们可以将他笼统地称为中国诗人，然而如果他拥有第三国身份，就像从澳门出走加拿大的著名诗人陶里，难道就可以剥夺他作为"中国诗人"的身份了吗？"中国诗人"可以是一种地域身份的识别，也可以是一种民族身份的标示，还可以是一种具有美誉成分的赞赏性冠名。当我们在后两种意义上使用"中国诗人"这个名称的时候，诗人身份的辨识问题基本上无法得到解决。

在地域身份的辨别意义上，将傅天虹这样一个典型确认为"中国诗人"同样会带有许多习惯上的歧义。长期以来，中国文学和中国诗歌这样的概念，在学科体制和学术范围的习惯性认知上，处在与台港澳文学和台港澳诗歌的某种相对位置，也就是说，中国现当代文学和中国现当代诗歌的研究常常并不将台港澳文学和台港澳诗歌包含在其中。这样的学术现象看起来显然违背了学界应该遵守的严肃的政治逻辑，而且也逐渐处于被改铸和被修正的学术操作之中，但它毕竟是积之既久的一种学术现实，毕竟曾是约定俗成的一种学术潜规则，它以一种硬性的范式力量龃龉着简单的政治逻辑，使得人们假如按照政治逻辑界定文学和文学家的身份和归宿问题则必然面临着某种尴尬和困惑。这就是为什么当我们试图将无法准确界定其身份的傅天虹称为"中国诗人"之际，会同时感受到尴尬与困惑甚至无奈与错乱的深层原因。

文学家的身份问题，随着地球村时代的到来，随着人们居住地选择的越来越自由与方便，已经成为文学批评家和文学史家较多关注的问题。德国汉学家顾彬（Wolfgang Kubin）在向澳门大学召开的"汉语新文学史国际学术研讨会"提交的论文中较为系统地表明了这样的困扰：用原籍判定作家的身份和地域归宿显然是不可靠的，用他的身份证或护照做这样的判断更显得粗鲁而滑稽，以文学家的实际居住地来判定，则一个文学家很可能被描述为几个国家或地区的文学身份。傅天虹的身份问题是一个带着全球性和时代性的文学身份认定的问题。

或许处身于其中的诗人自己也强烈地感受到了这样的尴尬与困惑，傅天虹相当一段时间以来一直并不甘心乃至刻意回避用中国新诗或中国文学界定他矢志于连接并促进其交流的两岸四地新诗乃至于海外华文诗歌，他一度热烈地推行"大中华诗歌"的概念，并在编辑出版方面做出了系列贡献。他的"大中华"概念显然具有勃勃的文化雄心，不仅是指地域上的中华地界，更是指文化上的中华辐射场，包括广大的华文文学范畴。然而他显然意识到，在后一种意义上标举"大中华"在许多对象上和在许多情形下显得相当勉强，而且需要辅之以用力的论证。他一度苦于这样的概念面对繁富复杂的汉语诗歌现象而力难从心，正像他面对自己的地属定位问题感到无可奈何或束手无策一样。在这样的情形下，他与"汉语新文学"的命题不期而遇。这样的命题不仅使得"汉语新诗"的概念顺理成章，而且也使得他由原先面对政治区域不知其身所属的尴尬中轻松走出，在汉语新诗的清晰、明确、完整、稳定的概念框架中迅速找到了自己的位置，也为他一直热心关注和打通交流的世界各地域的汉语新诗人以及他们的作品顺利地找到了恰当的定位。有意思的是，汉语新文学命题较之约定俗成的中国现代文学之类概念，有一个先天性的缺陷：它自身很难具有自然的延展性；中国现代文学可以根据体裁分别延展为中国现代小说、诗歌、戏剧、散文等等，而汉语新文学在这样的延展性运用面前往往会显得捉襟见肘。幸运的是，汉语新诗成为汉语新文学在体裁方面惟一可以进行自然延展的概念，于是傅天虹不再顾虑，踊跃地成为"汉语新文学"概念的热烈拥护者，成为"汉语新诗"命题的积极推进者和自觉实践者。

2

汉语文学研究有着悠久的历史和辉煌的积累，其中新文学的研究经过近百年的建构、开拓与发展，亦以其不断扩大的规模与日益充实的内蕴，成为文学研究学术格局中颇为活跃及颇具潜力的学科。不过这一学科却被习惯性地分为"中国现代文学"、"中国当代文学"、"中国现当代文学"、"台港澳文学"、"海外华文文学"等不同领域，各自凸显的乃是时代属性或空域属性，汉语新文学整体遭到了人为的切割且被切割得有些纷乱、错杂。现代文学和现代语理论都聚焦于以语言界定文学的学术必然性，这使得汉语新文学概念取得了相对于中国现代文学等约定俗成概念的某种理论优势，傅天虹所热衷建构的"汉语新诗"，与其他类似概念相比，同样具有这样的优势。

汉语新诗概念的基本内核当然是"新诗"，正像汉语新文学的基本内核是"新文学"一样。至少在文学革命先驱者和新文学基本建设者的印象与习惯中，"新文学"比后来俗称也是通称的"现代文学"更易于接受，因为"新文学"概念全面地包含着与传统文言即所谓"旧文学"相对的白话写作，以及作为文学革命的积极成果这两层含义，而不是像后来的通称"现代文学"那样偏重于凸显其时代属性。"新文学"一语的使用，或与梁启超时代的新文体、新小说诸说有密切的联系，但作为一种文学概念，则在文学革命运动中被赋予了特定的含义。"新文学"作为术语，当始见于1917年2月1日陈独秀致陈丹崖信，在这封信的开头，陈独秀便对陈丹崖来书"详示对于新文学之意见"表示欢迎。此后，新文学概念逐渐为鲁迅、周作人、朱自清等新文学倡导者和实践者所一致认同并沿用成习。1935年《中国新文学大系》的出版是这一历史性认同的集中体现。相应地，新诗的概念与"现代诗歌"相比，具有类似于"新文学"的历史背景和学术品性。新诗概念鲜明强烈地突出了我们所面对的汉语诗歌的现代属性，特别是语言形式的现代属性，而类似于"现代诗歌"之类的概念则必须担负起对于现代历史时期所有诗歌包括旧体诗歌进行学术关照的责任。

新诗概念强调的是与传统诗歌的相对性，较多地融入了相对于传统因素的考量，所揭示的仍然是诗歌的内部关系；现代诗歌概念关注的是时代因素，无论是从政治内涵还是从摩登涵义来考查，都是将诗歌的外部关系置于特别重要的地位，相比之下，其所具有的历史合理性以及相应的学术含量都不如新诗概念。作为新诗概念的"新"并不是像人们一般性地理解的那样，体现着诗歌新的形式和新的内容等等，乃是吁求着新的诗歌传统的建立。"现代诗歌"乃至"当代诗歌"概念无一例外地忽略了"新诗"概念的这种对新的诗歌传统的命意。

对于新诗传统的忽略使得新诗概念在对时代因素特别是政治因素的强调中变得灰暗不堪。作为中国现代诗歌与中国当代诗歌相整合的概念，一个叫作"中国现当代诗歌"

的临时性学术概念和明显属拼凑型的学科名称就此出炉，而无论是在内部关系还是在外部关系上都失去了概括力度以及延展的张力。就内部关系而言，它号为"中国"现当代诗歌，却约定俗成地放弃了对汉语诗歌以外的中国其他民族语言诗歌的涵盖。从外部关系而言，尽管台港澳从来就是中国不可分割的部分，可在中国现当代诗歌范畴内似乎并不能，也似乎从未打算理直气壮地包括台港澳诗歌的内容；至于离散到海外的汉语新诗写作，则无论从哪个角度说都更不能为这一学科概念所涵括。

汉语新诗的另一中心词自然是作为语言种类的"汉语"。新诗传统当然会通过各个时代的意识形态加以承载，可在更沉潜更深入的意义上乃是通过现代汉语得以风格论的呈现。这使得汉语新诗概念在理论上较之中国现代诗歌乃至中国新诗概念更具优势。

汉语新诗，从理论上说，就是以现代汉语所构成的"言语社团"所创制的诗歌样态，作为概念，它可以相对于传统的以文言为语言载体的汉语诗歌，也可以相对于以"政治社团"为依据划定的中国现代诗歌等等。按照布龙菲尔德的语言学理论，"言语社团"即是指依靠同一种语言相互交往的族群，它显然与"政治社团"（国家之类）并不统一。作为学术概念的一门文学既可以以国家和政治社团为依据进行界定，也可以以"言语社团"为依据加以涵括。汉语新诗概念突出了"汉语"这一"言语社团"因素，在一定意义上可以弥补单纯从"政治社团"界定所可能带来的概念狭隘的欠缺。

汉语作为一种语言，天然地构成了一个无法用国族分别或政治疏隔加以分割的整体形态，这便是汉语的"言语社团"作为汉语诗歌"共同体"的划分依据。所有用现代汉语写作的诗歌，无论在祖国内地还是在台湾、香港、澳门等其他政治区域，无论是在中国还是在别的国家，所构成的乃是整一的不可分割的"汉语新诗"。汉语在诗歌表达的韵味、美感及象征意趣上的明显趋近，构成了汉语新诗区别于其他语言诗歌的特色、风貌；这样的文学风格及其审美特性，往往比一般意义上的国度诗歌或民族风格更能对人类文明的积累做出实质性的和整体性的贡献。就新诗而言，全世界各地区的汉语写作所承续和发扬的都是新诗的伟大传统，这一传统所带来并鲜活地体现的现代汉语巨大的审美表现力和逐渐成熟的表现风格，越来越明显地镶嵌在人类文明的审美记忆之中，参与其中的每一个区域的汉语写作者都程度不同地做有贡献并与有荣焉。

总体上和整体上的汉语写作对于人类文明做出的贡献，无论被称作"中国气派"还是民族风格，其实都不过是中华文化原型的语言体现。任何种类的文化，特别是通过文学作品体现出来的群体文化，都主要通过语言的表述和写照加以传达；文化有国家的、民族的、社会的等等各类形态，不过最切实的文化形态则是由同一种语言传达出来的"共同体"的兴味与情趣，也即是同一语言形成的文化认同。因此，一个民族文化认同的本质体现最终是回落在语言方面。中国传统文明的许多非物质文化遗产在各种心态的驱使下经常被理解为或诠释成东亚各民族的共同遗产，但通过汉语表达并成为固定文本的精神文化遗产，则是使用其他语言的任何别的民族都无法巧取豪夺的。

汉语新诗在不同的地域可能表现不同的社会环境和人生经验，但用以审美地处理这样的环境与经验，并对之做出价值判断的理念依据甚至伦理依据，却是与"五四"新文学传统紧密相连并在现代汉语中凝结成型的新文化习俗和相应的创造性思维。尽管异域文化和文学对新文化和新文学造成了不可磨灭的影响，可现代汉语及相应的现代汉语思维通过诗歌创作已经对之进行了无可否认的创造性转化，能够作为特定的精神遗产积淀下来的一定是现代汉语所经典性、意象化地固定表达的成品。无论是在叙事、议论策略和抒情风格上，外国文学影响通过汉语所进行的创造性转化都可能积淀成汉语新诗的精神遗产，而不经过这样的语言转化则无法取得这种精神遗产资格。

以语种定义诗歌作为一种学术事实，也是一种学术趋势，体现着一种人们乐意承认的学术成果。面对这样的学术事实、学术趋势与学术成果，汉语诗歌理所当然地应与英语诗歌、法语诗歌、俄语诗歌、德语诗歌……相并列，从而取得历史的与世界的诗歌视野和巨大涵盖力；从汉语诗歌内部的发展态势以及创作者的时代差异和研究者的学术分工等实际情况出发，又十分必要在相对于汉语诗歌的总体概念意义上定义出汉语新诗，它拥有相对于传统汉语诗歌的新风貌和新传统，并负有整合汉语世界新诗写作和运作的时代使命。

一个特别敏感的问题或许是，"汉语新诗"概念似乎削弱了中国本土诗歌的中心地位。但全面而科学的汉语新诗研究将会证明这样的担忧纯属多余。汉语新诗的概念指向汉语，汉语及其所承载的文化其中心空间便无可争辩地在中国。即使是旅居海外的汉语诗人，其对于故国语言文学和文化怀有明确的、深刻的甚至是难以逃避的归宿感，这是他们民族心理自然而真切的表露；其中既包含着相当热烈的文化情感，也体现着某种相当鲜明的文化规律。汉语新诗和汉语新文学之类的概念一方面拆解了国族文学观念所必然设定的有形与无形的国境障壁，可以让海外汉语诗人的这种归宿感得到淋漓畅快的精神实现，另一方面也更进一步鼓励了各区域的汉语文学写作者对于汉语文化中心地的归宿心理，并会大大强化全球汉语诗歌对于汉语文化中心地——中华故国的归宿感。如果将中国作为华人社会的心理中心，则这个中心就具有了华人和汉语使用者"集体认同的象征单位"的某种意义，也就必然成为华人世界文化归宿感的对象。回到诗人傅天虹这里，情形依然是这样，尽管诗人常年奔跑于台湾、香港与澳门之间，但他的诗歌以及诗歌运作从来都是以内地的读者群为理想的对象，以内地的诗歌界为理想的施展空间，他的所有的汉语诗的创作与建设其实都体现着不言而喻的文化归宿感，体现着向所有汉语使用者"集体认同的象征单位"——中国内地趋近再趋近的努力。

3

傅天虹认同汉语新文学，力倡汉语新诗，并且在汉语新诗的创作本体、学术本题的建构方面做出了切实的努力，使得他在这方面成为汉语新诗建设的一个学术亮点，成为汉语新诗实践的一道亮丽风景，成为汉语新诗推进的一个聚焦对象和一脉异常的动力。

在短短的两年时间内，他发表了一系列申言和辩证汉语新诗的学术论文，这些论文不仅使得汉语新诗的学术架构有了粗具的规模，而且也使得他借以走出了诗人的原初行列，以一个学者和诗学教授的身份走进了当代历史。其中的《对"汉语新诗"概念的几点思考》一文颇具代表性。该文论证，"汉语新诗"是针对当前中国90年来新诗研究所存在的，由文化心理、政治历史因素、人为因素等形成的新诗学科研究的命名上的尴尬和错位而提出的新命名。该文试图通过"汉语新诗"的命名意义及可行性、来路与现状、使命的探讨，为促进新诗与诗学健全、科学、有序的发展而做出努力。文章从汉语新诗的资料基础与学术准备论起，将汉语新诗诗学建构的基础——诸如"白话诗"、"中国新诗"、"中国现代诗歌"、"现代汉诗"等概念，以及这些概念明确的所指和能指，它们分别存在的粗疏或模糊的欠缺等等，都做了学术分析，然后从"汉语新文学"概念中顺理成章地推导出"汉语新诗"这一概念，还对"汉语新诗"90年的来路与代际分流做了深入论析。在这种清晰的学术认知的基础上，他积极投入到汉语新诗价值体系和学术体系的营构之中，做出了令人刮目的贡献。

汉语新诗概念的提出，其最为现实的意义在于不必顾虑诗人的国族或区域背景，无论诗人来自于哪个国度，是否加入外国的国籍，也无论他的出生地和他的日常居住地如何纠结，只要他运用汉语写作新诗，就可以将他们全部视为一个整体，全都置于一个平台。长期致力于两岸四地以及国际汉语诗人交流和合作事务的傅天虹，得到了汉语新诗概念和相应理念的鼓励，便以更加充沛的热忱和更加饱满的精神投入他的跨国境超地域的诗歌运作之中。他积极组织和参与旨在沟通整个汉语新诗界的各种诗人聚会和诗歌研究活动，所主持或参与主持的"两岸中生代诗学高层论坛暨简政珍作品研讨会"，"第二届当代诗学论坛暨张默作品研讨会"等，都具有相当的学术规格和学术影响。在他的主张和积极推动下，于2007年3月成立了两岸四地诗人学者参与的"当代诗学论坛机制"。这一机制的形成，其实也可以被理解为中国诗歌在汉语新诗意义上进一步交流与发展的保障性组织形式。

与此同时，傅天虹更加积极推进《当代诗坛》的编辑出版工作，该刊物现在已经出到52期，他所苦心经营的《中外现代诗名家集萃》（中英对照）早已突破了原先设计的500部规模，正向1000部的目标迈进。这是新诗诞生以来规模最大、牵动面最广，也可能最具有未来影响和国际影响的大型系列诗作出版物，这一巨大系列的设计、策划，如果仅局限在中国新诗或别的地方的新诗，而没有汉语新诗整体观照的目光和胸襟，是难以想象的。因此，将这样一个巨大的工程算在汉语新诗概念的智性认知范围内，应不至于太牵强。

如果要论直接得力于汉语新诗理念的推动，则傅天虹的诗歌运作贡献更可谓惊人。在过去短短的两年多时间内，他主编或组编的诗歌集、诗论集达18种之多，直接以汉语新诗命名并投入运作的计有《汉语新诗90年名作选析》（傅天虹主编）、《汉语新诗百年版图上的中生代》（张铭远、傅天虹主编）、《汉语新诗名篇鉴赏辞典（台湾卷）》（傅天虹主编），在汉语新诗的理论框架内的诗歌评论集计有《张默诗歌的创新意识》（傅天虹、朱寿桐主编）、《犁青诗路探索》（朱寿桐、傅天虹主编），以及关于他自己的《论傅天虹的诗》（朱寿桐主编），他还组织编辑或主持编选过简政珍诗论集《当代诗与后现代的双重视野》，张默诗歌论集《狂饮时间的星粒》（傅天虹编），以及《桂冠与荆棘——台湾著名诗人白灵诗论集》。同样在这两年内，在汉语新诗的概念框架中，他组织、策划、选编的诗人选集计有：简政珍的《当闹钟与梦约会》、《两岸四地中生代诗选》（吴思敬、简政珍、傅天虹主编），更有《张默诗选》、《白灵诗选》、《犁青诗存》、《傅天虹诗存》、《傅天虹小诗八百首》、《庄云惠诗选》等等。如果将《中外现代诗名家集萃》丛书中属于近两年的选题计30部都算上，如果再将正常出刊的《当代诗坛》也核计在内，在差不多八百天的时间内，傅天虹为汉语新诗界贡献了五十多本书，平均不到两个星期就贡献一本书！

他自己还在写作，还在进行各种诗歌运作，还在营构包括汉语新诗理论倡导在内的理论命题。

这个在圈内被称为"拼命三郎"的诗人，能够在他早过了甲子之年的时候依然做出这样的辉煌成就和杰出贡献，并不是一个"拼"字所能解释清楚的。另一个巨大的理念动力，其实就是汉语新诗这一概念，这一概念打破了原先人为设限的种种羁绊，忽略了原先计较不清的种种尴尬，让他自己和他热心为之沟通的各路、各地诗人们能够顺利地集中到汉语新诗的平台上，使得他们在汉语新诗的观照中真正成为一个整体，成为汉语诗国里平等的、亲切的公民。对于诗人和学者傅天虹而言，这是一种新的认知，更是一种莫大的激励。☑

时间到了，你的手
战战兢兢地接住我的手心。
在我的嘴上，
轻轻地，怯生生地印上你的朱唇。

——《时间到了》

史托姆抒情诗选

□（德）史托姆　钱鸿嘉/译

十月之歌

朝雾渐渐上升，
黄叶到处飘零。
让我们斟上
美酒一樽！
我们要把阴沉的日子，
镀上一层黄金，
哦，镀上一层黄金！

不论是基督教徒还是俗人，
都在尘世间吵吵嚷嚷，
你夺我争。
可是世界，
这美丽的世界哟，
都永远不会荒凉凋零！

尽管心儿有时也会感到凄清，
且让我们举杯痛饮！
我们清楚地知道，
一颗正直的心，
永远不会沉沦。

朝雾轻轻上升，
落叶到处飘零。
让我们斟上
美酒一樽！
我们要把阴沉沉的日子，
镀上一层黄金，
哦，镀上一层黄金！

秋日啊，它确实已经来临，
可请你等待一下，
只等待片刻光阴！
春天就要来临，
天空就会出现一片欢乐声，
大地上将洋溢紫罗兰的芳馨。

蔚蓝色的日子即将逼近，
趁它们还没有流逝，
就让我们尽情欢乐，
尽情欢乐，
我知心的友人！

我美丽的仙境

在高高的波涛上面，
浮现出美丽的仙境，
一会儿近，一会儿远，
可惜很少有人看清。

在这美丽的国土上，
天空的太阳永不西沉，
那儿人们俊俏无比，
往玫瑰花里栖身。

神话般瑰丽的景色，
在温馨的森林之夜喧腾，
色彩缤纷的花儿，
正在相互亲吻。

那儿神圣的自由和爱情，
吻着纯洁的生命；
那儿什么都令人惊异，
那儿什么都无比欢欣。

唉，只有在歌曲之中，
才有这样美妙崇高的仙境，
我只能希冀\期待，
可能看到它，一辈子也不能！

我的灵魂

只有你一个人，
萦绕着我的灵魂；
只有你的胸脯，
才能栖息我那可怜的心！
我的心怦怦地跳动，
为的只有你一个人，
我整个身心都属于你，
一辈子都是你的人。

问

当你孤零零地坐在小房间，
当你在漫漫长夜合不上眼，
你说，你常把我思念。
可是，一旦阳光明媚，
世界和每双眼睛都向你欢笑，
你会不会依旧对我留恋？

秋日午后

我在靠背椅上静坐，
半睡半醒；
在门前的石阶上，
一群姑娘谈天说地，
仰望长空，
阳光灿烂而明净。

那儿有我的姊妹，
那是一些皮肤黝黑的姑娘；

中间那个金发女郎，
就是我的情人。
有的针织，有的刺绣，有的缝纫，
仿佛准备迎接新婚。

远处笑语盈盈，
我的身边一片宁静。
虫儿在空中嗡嗡飞鸣，
我又矇矇眬眬合上眼睛。

我再醒过来时，
四周鸦雀无声。
落日的霞光，
透过玻璃罩上一层淡淡的红晕。

姑娘们又团团围坐在桌边，
默默地不出一声。
搁在一边的针儿，
在夕阳的余晖中一闪一明。

生活又把我伤害

生活又把我伤害，
痛苦燃烧着我的心；
来吧，把你娇美柔嫩的嘴唇，
贴向我燃烧着的眼睛——
像鲜艳的玫瑰，使我清凉。
哦，你是我亲爱的医师，我该不该
把我沉重的额头，靠向
你那亲切温暖的胸脯？我不该吗？
唉，你忍受这一不快的负担，
只有一瞬间的事——吻我吧！
啊，吻我，把我紧紧抱在
你那真诚的玉臂里，
把我悄悄搂住在你那青春的胸怀里，
像一度对待亲生的孩子那样，
要保护我免受恶风恶浪的侵袭。

梦中的情人

夜间，在波涛起伏的梦魂中，
我的小房间里

单身走来了梦中的情人。
像月光那样轻盈，
她在我的枕间栖身，
抱住我不停轻吻，
然后又唱起催眠曲，把我带入梦境。

她那黑褐色的秀发，
触着我的四肢，乱纷纷，热腾腾，
又在我的脸上，
俯下了她的樱唇。
"你这贪睡的孩子，快把我吻！
你这贪睡的孩子，我是你的人！
现在属于你，将来永远是你的人！"

"快走，滚出我的房门，
你是黑夜中的精灵！
我自己已有情人，
别人我永不再吻！"
可是没有用。她一直缠住我，
直到玫瑰色的光线，
亮灼灼地划破了黎明。

她终于走了，
像月光那样悄然消隐。
在我波涛起伏的梦魂中，
只听得她谐谑地唱起清脆的歌声：
"生活不过是一场春梦，
何时你保得住自己的忠诚？
看你究竟能耐多少时分！"

时间到了

时间到了，你的手
战战兢兢地接住我的手心。
在我的嘴上，
轻轻地，怯生生地印上你的朱唇。

一闪一闪的火花，
从花萼中电光般地迸射出来；
在我们沉醉之前，
鼓起勇气，别逃开！

你那两片令我销魂的樱唇，

已不属于你自己；
只要你活着，
你怎么地也不能对之置之不理。

那两片动人的樱唇，
已无可挽回地被我吸住；
迟早有一天，
它们会找到永久的归宿。

你别说出口来

你别说出口来，
还有嘴儿对着嘴儿，
怀着火热的心躺在一起；
你的脉搏频频跳动，
传出了情爱的秘密信息。

你这害羞的小鸽子，
在我面前东躲西避，
一下子又紧紧投入我的怀里。
你为爱情而憔悴，
不知应当怎样启齿。

永远向我弯下苗条的身子，
红艳艳的樱唇把我亲吻；
你最好还是留一会儿，
免得一去杳无音信。

我也感到我俩难舍难分，
可又为何闪闪躲躲，胆战心惊？
你得偿清全部欠债，
一定，一定，非这样不行。

害相思时，你和我都要分担惊魂，
春蚕到死丝方尽。
羞羞答答并非不能容忍，
只要肯为爱情做出牺牲！

夜　间

白昼消逝，
现在让我们尽情享受

这一宁静的时刻，
什么也不掩饰。
这是我们自己的时刻，
神圣的夜，
终于把我们和喧嚣的尘世隔绝。

在你闭上眼睛之前，
让爱情的火花
再一次毫无保留地点燃；
趁你还没有进入梦境，
让我再听听你那甜甜的声音！

一个孩子多么娴静幽雅，
给夜色平添几分意境。
他向海滩挥手示意，
模样儿那么优雅动人。
你呼吸时胸脯一起一伏，
朦胧的睡意像一阵阵波浪，
把我们渐渐推入梦境。

来吧，让我们尽情欢乐

瑰丽的夏日多么迅速地消逝！
秋风萧萧，和煦的春天何时再来？

阳光照射下方，
显得多么惨淡！
来吧，让我们尽情欢乐，
我的白蝴蝶！

啊，再也没有丁香，
再也没有玫瑰，
只有天际飘着凉幽幽的云彩！

夏日的繁华即将消逝，
真叫人惋惜！
啊，来吧，
你在哪儿，
我的白蝴蝶？

幻　象

繁星在蓝色的夜幕里
闪烁不定，
父亲母亲都已昏昏入睡，
只有心爱的人儿十分清醒。
她越过海洋
往朦胧的远方睁大眼睛；
她情意绵绵，
思念着真挚的爱人。
习习的夜风，
飘忽而又轻盈地吹拂，
风儿吻着她，
"天上闪耀着
亲切的群星，
你的眼神昏昏沉沉！
你可知道，
你那远方的恋人，
此刻也像你一样，
睁大了真诚的、泪汪汪的眼睛，
越过海洋和大陆，
望着远处出神？"

月　光

皎洁的月光，
笼罩着茫茫的大地，
周围的世界，
显得多么神圣而安谧！

月光多么柔和，
风儿也该平静。
它只是瑟瑟地吹拂，
终于沉寂无声。

在炎炎的烈日下，
开不出任何鲜花。
只有到了夜间，
花萼绽开，
沁人的香气扑鼻而来。

我已多久没有享受，
这样宁静的时光！
但愿你是我生命中，
那个可爱的月亮！

你还记得吗

你可曾记得有这么一个春夜，
我和你在房间倚着窗扉，
往下眺望花园的风光？
园子里一处黑暗，
茉莉花和紫丁香，
神秘地发出阵阵的幽香，
天上的繁星在远方闪烁。
你多么年轻，
而时光又流逝得那么不可思量。

空气中多么恬静，安详！
睢鸠的鸣声，
从海滩边清晰地传到耳旁；
越过园子的树梢，
我们默默地
往暮色沉沉的乡村眺望。
这时我们的身边又添上一处春光，
可惜我们现在没有一个家乡。
在不眠的深夜里，
我经常倾听，
萧萧的风声是否吹往故乡。
凡在故乡建立起家庭的人，
就再也不愿在他乡流浪。
尽管他经常向往异域，
可是有一点确切不移：
我们手挽手地一起走，
像飞燕一双！

迷途的人

在我的前方，
有一只小鸟儿，
跳来跃去，
鸣啭得多么甜润。
唉，我的脚上尽是伤痕。

小鸟儿呀，
你的啼声多么悦耳动听。
我却一往无前，
踽踽独行。

鸟儿的歌声飞向何处？
晚霞已经西沉，
夜色笼罩，
给万物抹上一层阴影。
我能向谁诉说我的苦闷？

树林的上空没有一颗星星，
我不知自己身在何处，
更不认识路径，
只有山坡上的花儿，
只有树林里的花儿，
在黑暗中朵朵绽开，
吐出阵阵芳馨。

明眸的姑娘

明眸的姑娘，
不想被人爱，
她跳来跳去把辫子甩，
求婚的小伙子跟在后面，
瞪着眼睛发呆。

求婚的小伙子站在远方，
衣服熠熠地放出光彩。
"哎，大娘，
请替我捎个信儿，
叫那个亲爱的姑娘，
乖乖地投入我的胸怀！"

妈妈击着手掌，
高声叫喊：
"你这傻丫头，
快抓紧机会！
时不再来，
求婚的少年马上就要离开！"

可是姑娘哈哈大笑，
一个劲儿把辫子甩。

突然，一个少年疯疯癫癫，
窜进屋子，
求婚的小伙子都目瞪口呆。

姑娘狠狠地跺着脚，
垂下她那任性的脑袋。
少年把她紧紧地搂在怀里，
在她鲜红的嘴唇上吻了起来。

求婚的人们远远地站在一旁，
做母亲的愣愣地发呆：
"愿上帝保佑你，
别让那个鲁莽的骑士伤害！"

在海岸高高的沙滩上

在海岸高高的沙滩上
我在阳光下踽踽独行，
不知有多少回，
我的眼睛越过金光闪闪的土地，
时而向海洋，
时而向沙滩，
游移不定。

可是我起伏的思潮，
飞过碧空如洗的天际，
越过波涛汹涌的海面，
来到更远的地方，
我那双无畏的眼睛，
就落在我热恋的女人身上。

我拉开她家的门闩，
她说了声"进来"，
声音又美又甜。
我扑在她的怀中，
我啜饮她的朱唇，
于是又一次，
她成了我的人。

红色的玫瑰

我们不曾享受到

印度人那种乐天知命的情趣，
它在痛苦时滋长、涌现，
而我们呢，
对超生的幸福感一无所知。

在暴风雨的激情中，
它急急来到我们身边，
可是这不是欢乐，
而是痛苦与伤感！
它使你娇嫩的面颊，
变得憔悴苍白，
而我的胸口，
也快要窒息。

它在汪洋大海中，
跟着我们纠缠，
它在悬崖峭壁里，
又把我们摧残。
我们几乎遍体鳞伤，
浑身流血，
最后我们嘴儿对着嘴儿，
如醉如痴躺下安息。

生命的烈焰已经熄灭，
生命的火种已经燃尽；
只有让上帝的火花，
重新神圣地点燃我们的心灵！

你听见了吗

睡吧！
看到你恍惚入睡的脸儿，
红喷喷地发光，
我心里多么欢畅！
睡吧！
从遥远的地方，
传来我的一支催眠曲，
把你送入梦乡。

睡吧！
把你那慵倦的
蓝晶晶的眼睛闭上！
睡吧，睡吧，

你心里多么恬静，
又是那么安详。

即使我住在远方，
我的歌曲也传到你的梦乡。
睡吧！
看到你恍惚入睡的脸儿，
红喷喷地发光，
我心里多么欢畅！

我倚在窗口

我倚在窗口，
疲倦地凝望夜空。
一阵啼鸣声透过夜幕传来，
向远方飘动。

在云层后面的高空，
掠过一群候鸟。
它们在繁星下的空间自由飞翔，
飞时发出一阵阵尖叫。

它们在远方看到，
春天百花吐艳的明媚风光。
鸟儿们叽叽喳喳的喧闹，
在那片广漠的土地上。

唉，我的心肝，
什么使你依依不舍，不妨离开？
跟着我一起飞翔吧，
在大地美丽的上空逍遥自在！

那群放浪不羁的鸟儿，
可以做你的伴侣，
那时你或许，
也能看到春天！

希望你再一次拨动心弦，
发出一个音响，
唱起一支歌曲，
像往日一样！

新　春

明媚动人的春光，
在树丛和草地，
洒上一抹柔美的色彩。
千百只鸟儿在这空中飞舞，
齐声欢唱，
庆祝春天的到来。

亲爱的，
你也愉快地迎接春天吧，
千万别再灰心丧气！
你何必再沉溺于
昔日的恋情，
咱们周围
鲜艳的玫瑰开得多么绚丽。

旧情在春天会渐渐熄灭，
而忧伤也会随着冬天
一起消逝。
新春里，
新的爱情就会吐艳，抽枝。

要找花儿多的是，
万紫千红，整个草地都染遍。
我也要重新，
编织起一个又一个的花环！

承认吧

承认吧！有这么一个人，
他一度曾偷偷地吻过你，
从你那少女的嘴儿，
窃取樱唇的无比魅力。

哪怕你会把全部爱情，
倾注在我心里，
哪怕我更加热烈地，
眷恋着你，
我永远无法把你拥抱，
也不能任情抚慰。

你深深地把我吸引，
力量强大得无可比拟。
为什么你的美貌令人陶醉，
可又一贫如洗？

阿格妮丝

门儿呀的一声开了，
她那迷人的倩影，
像奇迹一样，
陡然出现在我的眼前。
她向我致意，
伸出双手纤纤。
她默默含笑，
一伸手就露出了，
肩上那毫无价值的饰物。

她的哥哥上一天夜里来过，
带给她一只金镯！
见到我时，
她首先说的就是这句。

我看出这个很称她的心，
她容光焕发，
脸儿像孩子那样鲜艳。
这真是一个可爱的谜，
不过什么也无法隐瞒。

她聊起天来，
我却一个劲儿在思念：
我真想摸透
她此时此刻的心怀；
为什么有一种难以觉察的妩媚，
在她脸上闪现。

你多年轻

你多年轻——人家还叫你孩子呢。
你爱不爱我，连你自己也不知。
你会把我忘却，
也不会把这些时刻铭记在心里。

当你仰起头来，
我已在你的眼前消失——
那时，你觉得仿佛一场春梦，
转瞬消逝，
世界属于你，
甜美的生命也属于你。
但愿你的眸子，
永远别将过去的欢乐宣泄！
不过将来有一天，
不管是爱是恨，
有谁用鲜艳的色彩，
画出我那朦胧不清的身影——
在人们面前，
你可不能把我看作是陌生人，
把我抛弃。

最后的话

在这艰难困苦的时代，
在这豺狼当道、血雨腥风的岁月，
在这饥馑的年头，
我终于找到了慰藉。

我并不畏缩、胆寒，世道一定会变！
大地将变得更加灿烂光明。
生命的真正胚芽，
在消亡之前定会结出果实盈盈！

我们正从春天的暴风声中，
浑身战栗地惊醒；
风暴的呼啸声仍在树梢回荡，
但愿它过了一夜重新降临！

最后一响隆隆的雷声，
滚滚地响彻整个天际；
真正的春天即将到来，
那时风和日丽，万物更加富有生机。

为听到这声音的人们祝福吧！
也为生活在这个时代的诗人，
为从生活的矿井里提取诗歌宝石的诗人，
衷心欢呼，愿他永享安宁！

黄　昏

画眉鸟婉转娇啼，
月儿照在花园里。
银色的月光下，
玫瑰花梦幻似的迎风摇曳。
夜蛾轻轻抖动双翼，
飞向软绵绵的青苔上休息。

夜蛾嗖嗖地飞去——瞧啊！
它一定还得回到原地；
玫瑰花把它紧紧吸住。
有一只蝴蝶，
扑在玫瑰的花萼上面，
失魂落魄，连自己色彩缤纷的翅膀，
也不放在心里。

画眉鸟婉转娇啼，
月光照在花园里。
在我的怀抱中，
你神思恍惚，扭动身子。
哦，请将潮润而炽热的嘴唇凑近我，
张开玫瑰的花萼，倾吐你绵绵的情意！

你可就是那花儿，
只有它才使我入迷！
你清澈的目光，
对我有一种永恒的吸力。

你的嘴唇上栖着一只蝴蝶，
它失魂落魄，连自己色彩缤纷的翅膀，
也不放在心里。

秋　天

鹳鸟越过海面，
在尖棱棱的田野里暂避。
飞燕早就无踪无影，
云雀的歌声也已停息。

秋风发出凄婉的低诉，
把最后的一片绿叶卷起；
绚丽的夏日啊，
可惜它已经消逝！

浓雾笼罩树林，
你显得安逸而恬静，
美丽的世界，
在雾霭和朦胧中消隐。

金色的阳光，再一次冲破薄雾而出，
昔时快乐的光辉，
一缕缕洒向深渊和山谷。

森林和原野熠熠发光，
使人们满怀期望，
挨过了多苦多难的严冬，
就会迎来春日的芬芳。

LIU YAN LING
刘延陵

[1894—1988]

安徽旌德县人。中国第一代白话诗人，中国第一本新诗杂志《诗》月刊主编，第一个介绍法国象征派新诗及其理论至中国的拓荒者。

1911年考取张謇创办的南通师范学校，后考入上海复旦公学（今复旦大学）。毕业后，先后在南通师范、如皋师范执教。1921年回到上海，与朱自清、叶圣陶一同任教于上海吴淞的中国公学，同年加入文学研究会。后在浙江省立第一师范、白马湖春晖中学执教两年。抗战爆发后赴南洋任教，后从事新闻工作，任新加坡《联合晚报》总编。

在新诗创作、外国诗歌译介、新诗园地开拓、青年诗人培植诸方面均有积极贡献。"五四"时期和三十年代的诗作，以其内容的新颖和风格的别致，在新诗坛产生过广泛影响。代表作有《水手》、《竹》等。

刘延陵诗选

牛

在一条石子铺成的路上，
一只牛从村里跑了出来，
他低头徇在前面，
鼻子几乎吻到地。
他用沉着的步子慢慢地踱。
笃！
他右边的前脚落到地了，
他向右边一摆。
笃！
他左边的前脚落地了，
他向左边一摆。

同一条路上，
一只牛从田里跑了回来，
她低头徇在前面，
像一只在地上寻找东西的狗。
她用凝重的步子慢慢地踱。
笃！
她左边的前脚落到地了，
她底丰满的身体向左边一摆。
笃！
她右边的前脚落地了，
她底丰满的身体向右边一摆。

他俩迎面跑到靠近的时候，
他把眼皮儿慢慢地张了一张

随后又慢慢地合了下来。
她好像没有看见，
却重重地把尾子向左边一拂。
随后又重重地向右边拂了过来。
她明白了他的意思了。

他好像是说：
"小的们在家里蛮好呀。
你慢慢地跑罢。
我到田里去转一转就回来了。"

接到一件浪漫事底尾声之后

谁能知道我的悲哀呢？
我只觉松散的魂儿
透过千百个毛孔
缓缓地蒸发出来。

出了舍的魂
烟一般浮游，漂泊，
最后终在那边一株梧桐之下
枯槁的落叶们身上
得到暂时的栖身之所。

看，看那些枯槁的落叶们，
他们正沙沙簌簌地响而且哭，
旋起旋落，欲飞又止地抖震跳动着。
栖藏于其中的魂
这是多么悲哀？！

琴声〔节选〕

一

暖烘烘的来了几阵南方底风。
久已霸占住大地的雪毯
就只得无形地卷将去了。
那被他压死了的许多草儿
到此也就吁了口气，
慢慢地有点苏醒。

二

悠悠扬扬地又来了一阵琴声，
着实在空中摇曳了一会儿，
但是，
从哪里来的？

三

接着，冻了的河
也便琤琤淙淙地答应了。
方才有点苏醒的草底魂儿
也便在枯槁的躯壳里
轻轻地跳动了。

四

这些惺忪半醒的草儿
都在屈曲像蛇的一条路旁。
就是方才向北去的南风
也会像有所待的一样
扫去这条路上底雪的。

五

果然贵客来了。
果然把路上打扫得干干净净的风
把琴声从北方迎回来了。
果然应风底招而来的琴声
还带了脚声像陪客来了。

六

可怜的小草们
先是交头接耳地动，
继而都伸出头来
看看是谁来到。

七

来了一个紫衣，红带，奇怪的人，
痴痴地低着头，
弹着三弦。
他低头念着故乡，
原来这时南方底繁华
风儿已经在他耳边轻悄悄说了。

八

琴声呢，
丁丁淙淙，
切切嘈嘈，
也像是传达的南方底神秘。
那里的
骄阳微笑样照着，
红花火一般点着，
绿得要滴的绿树层层把大地盖着——
这都像隐藏在琴弦儿一回回的波动里面。

二十七

琴声渐渐地远去，
空中底花瓣儿露滴儿渐渐稀少，
地下躺着的人失望得要哭了。
琴声渐渐地远去，
那块水汪汪的红玉儿，
渐渐结冰，
地下躺着的人又昏昏的不晓得哭了。
琴声渐渐地远去，
那一点星星的灵火，
才被琴弦儿弹旺了一点的，
又像闭下眼睛一般暗淡下来，
地下昏昏地躺着的人就又悄悄地睡了。

二十八

琴声渐渐地淡远，
沉寂渐渐从天空压迫下来。
再过一会儿，
那渺茫成一丝的音韵
也一并在空虚中失了。
于是那屈曲像蛇的路上，
死寂寂的，
一齐和南风未来之前一样——
或者只少去以前霸占住大地的雪罢。

悲 哀

悲哀在河面上荡漾。
不然，何以伏在水上淘米的那个妇人
忽然滴下泪来的呢？
悲哀在红叶里窥人。
不然，何以我东家楼窗里的姐姐
看见了那边的一树红叶
就叹了口气
转过面去的呢？
不好了！
悲哀又在我笔下震动。
不然何以一缕酸意
从我指头底尖上
循着臂膀
一直颤到我的心的呢？
上帝呀！
用你的手，悲哀的磁石摄去人间一切悲哀罢。
摄去河水里的悲哀，
教他只可玎玎淙淙地唱罢。
摄去红叶里的悲哀，
只许他得意扬扬地舞，翩翩翻翻地飞罢。
摄去我笔里的悲哀，
教他只能写人间底欢愉罢。

秋 风

秋风回到了江南，
江南的黄叶就一阵落下来了。
落下来还飞起来，
又是一阵秋风
把他们打下来了。
打下来的黄叶
在地上吱吱地响：
"不要紧，
我们明年再来就是了。"

落 叶

落叶，你们纷纷地坠了，

你家旧日的繁华像锦绣碎了，
你家可爱的，红的，白的，人儿久已在土里无声
　　睡了。
你们就纷纷地坠了。
往日的事你们想得要死了。
你们把脸皮儿想得黄于黄纸了。
就索性一切不管
飘到大空气海里死了。
落叶，你们纷纷地坠了。
我的心也包在你们心里，
和你们的心一齐碎了，
和你们一齐坠了。

夕阳与蔷薇

一

橙红的落日
已经要跑到树梢之下。
他还把半个脸儿露在树底顶上，
看住一朵大而白的蔷薇。

二

他俩厮守了一天，
有时脉脉无言地对着，
有时他在上面一步两步徘徊着，
她在下面吟叹似的摇摆着；
无声的，云儿草儿所不能了解的言语
替他俩传达了多少柔微的悲哀。
如今，他却要离她而去了。

三

他看住她，
一步步向后倒退着跑，
她雪一般的脸上，
笼罩着一层淡淡的黄金——
这是他临别所赠的爱哟。

四

夜从东方赶来，
他只得向树梢之下退去。
树儿遮住了他的眼光了，
她的脸立即苍白得同石膏的造像一般，

簌簌地抖颤起来。
一会儿细碎闪烁的金光
又像筛下的一般落在她底脸上——
他又从树叶儿的空隙里窥见了她了。

五

于是拥护着她的城墙的绿叶
一齐沙沙沙沙地摇摆鼓噪起来：
"哦！
皇帝这般眷恋我们的后呀！"

等她回来

夜夜的相思泪，
因为有她底小影化在里面——
不忍用巾揩了，
都移近来滴在花底心里。
如今花红得像胭脂了
我只有留下来等她回来了……

水 手

一

月在天上，
船在海上，
他两只手捧住面孔
躲在摆舵的黑暗地方。

二

他怕见月儿眨眼
海儿微笑
引他看水天接处的故乡。
但他却终归想到
石榴花开得鲜明的井旁，
那人儿正架竹子，
晒他的青布衣裳。

竹

几千竿竹子
拥挤地立在一方田里，
碧青的，
鲜绿的——
这是生命底光，
青春底吻所留的润泽呀。

他们自自在在地随风摇摆着，
轻轻巧巧地互相安慰抚摩着，
各把肩上一片片的日光
相与推让移卸着。
这不又是从和谐的生活里
流出来的无声的音乐么？

小 桥

一座小桥
白色皎皎，
隆背而伏，
知道渡了行人多少？

两岸绿油油的杨柳
绿得像什么一样？
忽然树荫里露出一角衣裳——
正有个十六七岁的女儿
伏在水上淘米
偷照她的容光！

几点飞花，
几点飞花，
从岸上飞到水上，
从一带土墙里，
轻飘飘飞到水上。
到了水上，
又随随便便地跟流水走了。

花儿跟流水走了，
我也乘落花而飞，
浮流水而走了。

未曾离去的"水手"

——刘延陵新诗导读

□ 郝　俊

　　真正的诗歌是没有保质期的，什么时候去读，什么时候生效。伽达默尔说过："所有文学艺术作品都是在阅读过程中才可能完成。"这一现代解释学观点的合理性，就在于强调了阅读者的神圣职责和对作品意义的建设性参与。我们如果忽视那些需要给予关注的作品，这不仅是阅读经验上的"遗漏"，也是一种"失职"。"五四"时期的诗人刘延陵及其作品，似乎仅仅作为一个时代的记忆依稀犹存，对于现在很多年轻诗人来说，可能也是不知其人，不闻其名，即便知道，恐怕也只是一点模糊的印记而已。

　　刘延陵是"五四"早期诗人，文学研究会会员之一，是中国第一个新诗诗刊《诗》杂志的主编，在诗歌创作、理论建树、外国文学翻译及推介方面均有重要的贡献。按理说，这样的诗人不应该遭受"冷遇"，之所以逐渐淡出人们的记忆，可能有四个方面的原因：第一，创作历程较为短暂，后来未能持续。他现存的作品主要完成于青年时期，集中在 1922 年至 1937 年间发表，另有零星诗作写于晚年。诗人在青年时期虽名震一时，但昙花一现之后就退出文坛，此后数十年内，近乎于销声匿迹。他之所以退出文坛是因为患了脑疾。刘延陵在 1985 年 11 月 28 日致苏兴良教授的信中写道："我生平有一很大的遗憾，就是，我三十岁时因操劳过度，患脑力衰竭症；以后又因家无恒产，不能长期休养，即带病工作数十年，只能做教书与编辑书报的机械工作以维持生命，而全无余力来继续学习写作。"无法从事创作，对一个诗人而言无异于精神世界的窒息，这一变故带来的是对他本人致命的冲击。第二，旅居新加坡长达 50 年之久，为人安于清贫，不求闻达，低调沉寂，社交甚少，近似于隐居生活。刘延陵的邻居柳北岸有如下回忆："当时我们虽然每天见面，但见面时经常只是笑了笑，点点头，很少有机会攀谈。"又说："刘延陵是个沉默寡言的人，即使和朋友在一起，也不太讲话，这和我的性格、作风不太接近，大家也因此没有来往。"第三，所写诗歌中虽不乏佳作，但就具体的表达而论，缺少恢宏壮美、横空出世的"大诗"。这样讲，并非苛求诗人，只是从比较研究的视角来谈论，在"五四"早期诗人的作品中，相对而言，那些高歌猛进的诗歌，在力度上与波澜壮阔的时代洪流更加"合拍"，更容易产生持久的震撼。第四，学术界对刘延陵及其作品关注不够。这既是研究者缺乏"历史感"所致，又和当下浮躁功利的批评氛围有关。我们判断某位诗人的作品是否值得研究，主要还是看它是否具有真正意义上的文学史价值，刘延陵及其同时代的诗歌创作是具有开创意义的，特别是崇尚自由的诗歌主张和实践值得我们深入发掘。

　　刘延陵的作品，整理成书的有复旦大学出版社于 2002 年出版的《刘延陵诗文集》，所收作品包括诗歌、随笔、论文、书信等，其中诗歌作品 38 首。短暂的创作生涯决定了刘延陵的作品数量较少，因患脑疾中断文学创作，不仅是一己之憾事，也是中国诗坛的莫大损失，假如刘延陵的创作时间可以延至数十年，相信一定会有更多更好的作品，其时代精神和个体的文学理想会得到更为充分而深刻的表达。当然，即便是从现存不多的诗歌作品来看，刘延陵也是一位相当优秀的诗人。

从题材上看，他主要有两类作品：一是反映时代精神风貌的诗作，二是抒写个体经验的诗作。"五四"时期涌动起狂飙突进、极富创新的时代精神，几乎所有诗人、作家都是"自由"的信奉者和追随者，在作品中无不体现自我意识的觉醒和个体生命的独立。黑格尔说过："个人无论怎样为所欲为地飞扬伸张——他也不能超越他的时代、世界。"呼唤自由、要求解放是"五四"时代诗歌创作的主要基调。

刘延陵在表达时代主题方面有其独特之处，风格上，不同于郭沫若的雄奇豪迈，有别于闻一多的炽烈激昂，其诗歌少有雷霆万钧、大气磅礴之势，大多数诗歌呈现含蓄隽永、深婉绵柔的美学特质，擅用象征、移情等手法，洁净的文字中蕴藏持久的感染力。发表于 1921 年的《琴声》，就是运用象征的重要之作，整首诗 28 节，共 266 行，在当时甚为罕见，可以看出诗人在作品中寄予了某种深意，全诗意象纷呈，结构紧凑。"暖烘烘的来了几阵南方底风。/ 久已霸占住大地的雪毯 / 就只得无形地卷将去了。/ 那被他压死了的许多草儿 / 到此也就吁了口气，/ 慢慢地有点苏醒。"诗的第一节表现了"五四"时期新旧文化交替的时代背景，分别用"南方底风"、"雪毯"和"草儿"象征新文化运动、旧文化和新诗人。当然，指出这样的对应关系，只是对作品主要意蕴和倾向做出解释，不能和丰富的诗意画上等号。关于象征主义诗歌的特点，诗人在《法国诗之象征主义与自由诗》一文里做过这样的说明："它（象征主义）的主要教义是用客观界的事物抒写内心的情调，用客观抒写内心就是以客观为主观底象征 Symbol，这是象征主义之名之所由来。因为情调是混漠之物，所以象征情调的诗不能用细致的刻画而尚暗示与混漠的气味。"诗的第二节及后面出现的"琴声"象征诗人心中的"诗神"。如果说诗的开端有如一阵浩荡的春风，是辞"旧"迎"新"的可喜势头，后面的内容就是进一步的铺陈和展开，但最后两节的情调发生了明显的转变，尤其是末节的忧伤情绪与第一节形成了强烈的对比，"琴声渐渐地淡远，/ 沉寂渐渐从天空压迫下来。/ 再过一会儿，那渺茫成一丝的音韵 / 也一并在空虚中失了。/ 于是那屈曲像蛇的路上，/ 死寂寂的，/ 一齐和南风未来之前一样——/ 或者只少去以前霸占住大地的雪雹。"从这里我们不难看出，诗中写出了当时知识分子这一群体面对"五四"运动以后的现实，有着不同程度的失落和彷徨，"那屈曲像蛇的路上"暗指希望的实现曲折漫长。或许诗人看待"五四"运动稍显悲观，但象征手法的运用无疑是恰当而成功的。《新月》、《悲哀》等诗都可以视为诗人理想破灭后所做的飘渺憧憬和不切实际的幻想："上帝呀！用你的手，悲哀的磁石摄去人间一切悲哀罢。/ 摄去河水里的悲哀，/ 教他只可玲玲淙淙地唱罢。/ 摄去红叶里的悲哀，/ 只许他得意扬扬地舞，/ 翩翩翻翻地飞罢。/ 摄去我笔里的悲哀，/ 教他只能写人间底欢愉罢。"（《悲哀》）

在抒写个体经验的作品中，情诗占有很大的比重，这类作品既有对爱情的真切渴盼和执着追求，又有与爱情失之交臂的哀愁和痛苦。以刘氏委婉的风格而论，他对情诗的驾驭显得更为娴熟。《水手》、《接到一件浪漫事底尾声之后》、《海客底故事》等都是刘氏极具代表性的诗作，特别是《水手》一诗，可谓经典传世之作，"月在天上，/ 船在海上，/ 他两只手捧住面孔 / 躲在摆舵的黑暗地方。// 他怕见月儿眨眼 / 海儿微笑 / 引他看水天接处的故乡。/ 但他却终归想到 / 石榴花开得鲜明的井旁，/ 那人儿正架竹子，/ 晒他的青布衣裳。"相对于其他作品而言，这首诗美得无可挑剔，很少讲求音韵美的诗人，却在这首诗里营造了动人的韵律，难怪后来被谱成歌曲广为传唱。关于这首诗的主题，历来众说纷纭，诸如思乡、念亲等，这些都可以持据而言。对于诗歌的主题（即要表达的内容），有时候越是意见不一，好诗的可能就越大，耐人寻味的诗作往往有读者想要的一切，诗意的丰富性可以在极大程度上让读者的期待得到满足。这首诗干净鲜活，有着浓郁的生活气息，但又没有完全停留于写实，虚实的交错，安排得合理精当，诗中，"月"是传情的意象，通过"月"，可以思接千载，也能够目及万里，将不同时空的画面拼贴得严丝合缝，让"他"远望的眼底有了极为生动的内容——"石榴花开得鲜明的井旁，/那人儿正架竹子，/晒他的青布衣裳。"我们仿佛看到了女子晒衣的巧手，看到了在"青布衣裳"后面闪动的身影，"她"一直"在场"，我们却一直在等待这位女子的"出场"。虚实掺半的表达，的确让人遐思无穷，好的诗歌才有这般强烈而持久的审美效果。

如果说《水手》是在表达对爱情的憧憬，《接到一件浪漫事底尾声之后》则是失恋后的苦吟，"看，看那些枯槁的落叶们，/他们正沙沙簌簌地响而且哭，/旋起旋落，欲飞又止地抖震跳动着。"刘氏的情诗，象征似乎是贯穿始末的，"枯槁的落叶们"即是离散的情人，吹落树叶的风，很显然就是无法摆脱的残酷命运。当然，除了直面分离的结局，有时候也可以无望地等待（《等她回来》）。《铜像的冷静》的情感更为黯淡消极，有一种情感幻灭、生命消亡的荒诞和无常，内容上虽低迷悲观，形式上的尝试却十分大胆，长句较多，且无明显转行，近似散文，这恰好与刘氏渴望在诗歌中摆脱一切束缚的观点相一致。刘氏曾阐述过这样的主张："把形式与内容方面的两个特点总括言之，一则可说新诗的精神乃是自由的精神，因为形式方面的不死守规定的韵律是尊尚自由，内容方面的取题不加限制也是尊尚自由。再则新诗的精神可说是求适合于现代适合于现实的精神，因为形式方面的用现代语用日常所用之语是求合于现代，内容方面的求切近人生也是求合于现代。"比《铜像的冷静》在形式上更为夸张的是《海客底故事》，用现今的标准来看，简直就是一篇记叙文，只是有些语句保留了诗歌的特征，例如末段："正惝恍间，门呀的一声开了，蓝布衣裙的她拿着一杯茶，一半低着头儿，轻悄悄地走进来了。"总的来说，《海客底故事》这类作品的主要贡献还是在自由诗的提倡和推广方面，艺术上，则缺乏诗歌的凝练和跳跃。除了以上两类诗，还有几首咏物诗值得一提，《秋风》赞颂了不畏凋零的落叶，《竹》肯定了同在一处的伙伴之间彼此谦让融洽的感情，《小桥》的别致在于把笔墨引向桥下的流水，感叹韶光似水，总会不可挽留地远去。

刘延陵的诗作不多，患上脑疾后被迫辍笔，虽极为遗憾，但我们不能据此否定一位杰出诗人的贡献。诗歌不以数量论，唯质而论才是不变的评价标准，像《水手》一诗距问世已近百年，即使用今天的审美标准看，也是难得的佳作。他的许多诗作语言自然亲切，曲折丰富，富有个人风格和色彩，就是当今时代的诗人，在语言上也难以与他看齐，生于那样一个时代，却有如此现代成熟的语言，实在令人惊奇。同时，他对动物与植物的观察与描写，生动形象，活灵活现，也是相当难得的。人与自然的统一，以景写人，以人写景，达到了如此高度，确实值得我们好好学习。如果说"五四"早期有一批杰出的诗人，刘延陵自然是其中之一。如果说中国新诗史上存在一批在艺术风格上比较成熟的诗人，刘延陵自然也是其中之一。更为重要的是，诗人虽身居海外数十年，却仍然默默地关注诗歌、关注诗坛，这一点从他与友人往来的书信中即可看出，可以说他从来就没有离开过中国新诗，也没有离开过我们的诗坛。如果将执笔的诗人比作行船的水手，退隐诗坛的刘延陵就是一名从未离开过大海的"水手"，虽数十年不能入海远航，却一直伫立岸边，悄然凝视。Z

深探命运与人性的核心地带

    谷禾的诗有一种自由书写的足实、放达和良好的叙述操控性。他的自由不仅体现在对语言日常化的独到处理上，更体现在一种映照现实的精神气象上。

——芦苇岸

深探命运与人性的核心地带
—— 评谷禾的诗

140

1

经由语言抵达生活现场，自觉抵近命运与人性的核心；散淡的语境与强大的讲述力背后，是源源不断生成的沉郁之美。在洞悉当下的精确与气度上，谷禾表现出了至上的诗意热诚与情感深度。他的诗歌，有深浓的大地情怀但不偏执于乡土局限，有烟火气但无鸡零狗碎的日常，向往自然但自觉摈弃风花雪月的低吟浅唱。他的《鲜花宁静》，以静观之事态，感世道百味，本初朴之心，进入宏大的叙事场域，激情与警醒相互扭结或舒展，精神气场的建构丰赡且阔大。从短诗到长诗，一种精神脉象由怡情到聚力到深刻到喷薄的文心浮现，予人以惊奇和打开的阔大景观。在怀人、思乡、感时、惊心等向度，以及解构驳杂现实，建构精神原乡和生命境界方面，其诗都表现出了自足而开放的姿态，散发出一种直击人心的力量。

诗歌评论家张清华在《当生命与语言相遇》一文中表达过这样的观点："一个好的诗人带给我们的总是很多，他（她）会昭示着一种喷薄而出的诞生感，让你期待太久，又出其不意。他（她）和时代之间会构成强烈的互证关系，书写和确认那些重要然而又从未有过传神表现的公共经验，他（她）的语言方式会充满陌生而又熟悉的尖锐性与震撼感，具有直抵人心和存在黑暗的力量，他（她）会有鲜明的原生而且陌生、精确而又暧昧不明的特性，还会有不可抵挡的整合性与吞噬力……"如以此为参照考查谷禾的诗，会发现在他"下笔"的习惯里，对人的当下处境的强调，或以自我生存境况推扩至更为广大的存在经验及其现实的难处的映照，有着明显下沉的驳斥语势。值得一提的是，他在对生活记忆的书写上，已经跳出那种庞大而顽固的乡土体系的意识束缚，从而表现出类似周宪在《二十世纪西方美学·语言的乌托邦》所提示的，即"如何使我们的写作成为一种与时代的巨大要求相称的承担，如何重获一种面对现实、处理现实的能力和品德，这是我们今天不得不考虑的问题"。于是，他写出了有别于那种无"我"的土地颂歌的《这片土地》："……这片土地，有孤绝的活法儿／你的眼泪，你的欢乐，你落草生根的地方／奴隶一样活着，牲口一样活着／牙齿咬碎，石头开花／你的耻辱和骄傲，烙印在每一张脸上／血织的花环——这白昼的闪电／为什么做了黑夜的锁链／比远方更远，仍然是这片土地——我的爱／我再一次出生，我永远死去。"

2

谷禾的诗有一种自由书写的足实、放达和良好的叙述操控性。他的自由不仅体现在对语言日常化的独到处理上，更体现在一种映照现实的精神气象上。在他的诗歌中，我嗅出了肯纳季·艾基言及的"诗歌是我自由存在的惟一居所"的从一性和远涉力。这种对生活敞开来的讲述自信在我们的时代，在繁乱而快闪的现实，有着不言自明的可贵一面。而这种自信首先建立在语言的自信上，如艾基那样，谷禾在诗歌中，精准地做到了"语言不仅是表达的手段，更是表达的目的"。高明的写作者，都精于以有限的语言达成无限的语意，比如卡夫卡的文字良心，比如米沃什的诗歌语言背后的见证意识和人文关怀，及其简洁的意象，清新自然的诗风，娴熟的叙事技巧，都因艺术魅力的独特性而深入人心。谷禾的诗歌，有一种让语言产生面食一样的嚼头，并由此生出深度的意识指向。"春天来了，要让父亲把头发染黑/把旧棉袄脱去/秀出胸前的肌肉，和腹中的力气/把门前的马车/在我们的惊呼声里，反复举起来//春天来了，我是说/河水解冻了，树枝发芽了/机器在灌溉了/绿蚂蚱梦见迷迭香花丛/当羞赧升起在母亲目光里，一定要请父亲/回到我们中间来。"（《父亲回到我们中间》）读这样的诗，会毫无障碍地捕获到诗人倾吐于本体深处的秘密，可以想象文本内外的界限的打通和因语言而使精神的存在成为可能。

3

创造语言形象于"叙事性"的通达，是谷禾诗歌的一个显征的审美取向，可以说，被当代中国诗歌批判视野剥离的谷禾已经建立了令人瞩目的"个人传统"。中国诗歌，自二十世纪八十年代那种回避生存境遇迷恋一泻千里的青春抒写的凌空蹈虚盛行以来，蹒跚的步伐就被诗人们强行套上了对抗政治维度对接宏大希声贪恋唯我中心的枷锁，当朦胧诗一统先锋诗坛的格局难以为继时，另一种无节制的"向下"以致失却美学意识和精神提升的口水泡沫又逞席卷之势……然而，就在潮流的夹缝中，将"个人化写作"沉潜到底的谷禾，于无声处地实践着自己的诗歌理想。他的诗歌，有很好的抓地之力，叙事作为一种语言展开的形式，完全自如于心，也从容接地，语象变身为形象，令人印象深刻——"从被鞭子抽打，一只陀螺/越转越快//一只陀螺，越转越快/它跳上桌子/变成了一团光越转越快//一团呼啸的光/带动桌子的海平面/带动我的晕眩越转越快/鞭子消失了，它也不停下来//它呼啸着，吞噬了时间"。这首《陀螺之诗》，以视觉带动直觉，唤醒自己和读者对外部世界的敏感性，这种专注于日常经验里的"物"的核心感受，让写作直接生成具有揭示意义的诗性，在方寸之间，观察主体和叙述形式完成了一次诗学与美学的调和。从中，亦可见他驾驭细节与处理经验品格化的能力之强，而且显在的是，他把细节隐喻化之后，文本的社会指向不但没有减弱，反而彰显了一种技术置换的魅力。对于"陀螺"所负载的生活重力，谷禾的初衷很坦诚，这种寓人性于物的征象的直视，能够将个体的生存体验沉在诗歌中进行对位书写，诗人抓住"转"这个字，让细节的力量散发更强的共鸣，折射人活在世上的种种劳顿，毫无游移地将诗歌的语言形象寄存在生命难言的沉重之中。

值得注意的是，谷禾的叙事在中和抒情方面所展现出来的倾向。他的语言朴素但不失饱满度，在《父亲回到我们中间》等一批述人诗中，场景与人事都有很强的现实贴近性，虽然他极力使用了与人物和内容相匹配的调值，但诗味不干瘪，而且，因为鲜活的内在生态而让人物形象产生了旷世的多重意味。《陀螺之诗》所描述的也不是一个即兴之物的特定状态，而是人们在现实世界的境况复构，是时代寓意的一种有效投射。从人的"父亲"到物的"陀螺"，二者的形象关联在内部是气脉贯通的，即常言之"疼痛"，当然，已不是单一的停留在表现主义的贴牌行为，而是追逐人性，揭示命运，洞悉人生的对深度痛感的挖掘。

不妨看看他的《在墓地里》："年初一，在墓地里/两个穿深色衣服的人，躬身长跪/把香烛和纸钱举起//这时原野暗哑，天空低于腐草/更远的村庄里/有零星的爆竹声炸响，雨夹着雪/扑打在他们的身上//他们始终不说话，但明灭的火焰/照亮了两张木刻的脸/仿佛地下的祖先，在把其中一个人/植入另一个（人的）身体/这简单的祭祀，让两个人：我和父亲／瞬间合而为一／／……当他们踏着泥泞离开，必将撞上／更多的父子，如尘埃，／如影随形。从村庄走出，或从墓地归来——"

这些诗句的语言似镜头摄取了一段视觉影像，"天空低于腐草"预示场景幽暗；"两张木刻的脸"和"躬身长跪／把香烛和纸钱举起"，讲述人物在墓地里的表情及动作，这些个体的"现实"把一个更大的"现实"硬生生拖拽出来。被表现得淋漓尽致的细节，因写实而冷静、肃穆，营造了一种仪式感，完全有别于常识中大年初一那锣鼓喧天的热闹。这种反差唤起读者的感官刺激，激起了一种心理上的不安和悲凉。"……当他们踏着泥泞离开，必将撞上／更多的父子，如尘埃／如影随形。从村庄走出，或从墓地归来——"这样的长镜头语言苍凉如暮，敏锐而微妙，将中国农村的悲愁表达得如寒风席卷的落叶一般，于是，活着的痛感、命运的无常，扑面而来。从个体到众生的万劫不复的命运暗示在尾句如楔子钉在空旷的乡野。在这里，谷禾赋予了"墓地"隐喻化的象征意义，但他不为象征而怪力乱神一通，更不迷恋在象征主义的道路上裸奔。他的诗意不悬空，句行转换中的着力点始终没变，"人"与"墓地"的关系一直处于互喻状态，在我看来，这是对象征的自觉转化，能挣脱"主义"而把"象征"纯粹起来，是谷禾诗歌语言形象的又一个良好品质。事实上，象征作为一种表现手法，在源头性的诗歌如《离骚》等伟大作品中就已广泛使用，而最负盛名的当数西方象征主义的开山之作，即波德莱尔的《恶之花》。著名诗人魏尔伦、兰波和玛拉美也都是象征主义诗歌的探索者与实践者。谷禾的区别在于，他脱离了高光的流派现场，或者说没有盲从如法国诗人让·莫雷亚斯主张的用"象征主义者"指称诗人的"前卫"，而是主动进入自己的沉潜当中，他的"向下"与"向后"是一种气质的再生和流露，和他的生活半径息息相关。

再看他的新作《香椿记》："房前的香椿，因为得阳光，／闪过年，就发了嫩芽。／我用竹竿绑了弯镰，小心地／够下来。小小的香椿芽，／茎和叶子，一律紫红色，／油汪汪的，在断茬处，有淡淡的津液／渗出来，扑鼻地香。开水焯一下，／加了盐，香油，端上桌，／可称绝顶美味。这一道菜，让我感叹／春光无限好。一棵香椿树，／从开年，反复采摘，一茬茬吃，／过了四月，楼后的另一棵，／续上来。一个春天，我享受这美味，／不思出门，而几年前买下它，／只用了几块钱。真个是／意外的福分。到现在，小树成了／大树，反复地采摘，／并没伤及它成长，在夏天／撑一片绿荫，自然的伟力，／多么匪夷所思。我在树下喝茶，／发呆，写诗，玩微信，偶尔抬头，／看见碎月亮，三两颗星星。／如果你来了，我就亲自下厨，／做一盘拌香椿，请你品尝。／它有香椿的滋味，春天的滋味，／如果再来点酒，它又有了／一首诗的滋味。兄弟，你来吧——"

诗写得老实敦厚，走"生态表现"的路线，只不过，这"天然"，是诗人的心性自由，是下笔的朴素、自在，与准确，传导至阅读时，就少了诸多经验世界的意绪纷扰，正是这种诗人的真实的不加修饰的执念与行文方式让我触动和反复阅读。因为得阳光的精华，香椿才"绝顶美味"。这个过程，被诗人赋予细节的行为性夯实，而暖心。在诗人的情感逻辑里，因为香椿味美，而致春光好得无限。从开年伊始的反复采摘，到夏天撑起一片绿荫，香椿展示的"自然的伟力"在"我"这儿，是简约生活所呈现的精神丰富：发呆，写诗，玩微信，看月亮，观星星，约好友……香椿的滋味是什么？在诗人眼里，是一首实在之诗涵括的一切！诗表面是拉杂的生活情调，却是远离喧嚣，独自沉潜，芬芳绽放的逍遥与幸福。实而不浮，涵而不飘，意动神具，遐思沛然，是此诗的风格！就精神构想而言，此诗中的"香椿"相当于布莱尔的"一花一世界"的意味，甚至更接地气。我喜欢这种诗意日常化的表达，诗人将主观的情绪调值降至最低，散淡、平和，富有张力，我自然地联想到归有光的写作风格！不可否认，乡村记忆或屋檐经验，对谷禾的诗写向度产生了不可调和的影响。他的语言形象塑造里，一切都放得比较低，追求分行中的鲜猛"生活"和字面下的"隐意"，是他的自我镜视，他"已经停不下来了／……跑成了一团熊熊燃烧的火焰"。

4

谷禾在《诗人与自我》一文中如此明义：作为血肉之躯的诗人不可能"跳出三界外，不在五行中"，诗歌发声的"根植"在谷禾的诗观中占有极其重要的位置。同样的意思，雷蒙德·威廉斯在《文学》（王尔勃、周莉译）一文中说："因而，人们普遍认为，应该把文学看作是'内容丰富的、意义重大的人类直接经验'，这类经验通常与'具体细节'密切相关。而与之相反，'社会'则经常被看作是一种基本的普遍概括与抽象，即对人类生活的概要和一般表达，而不是对这种生活的直接具体的现实呈现。"很显然，文学意义的形而上具象，更富真实的可能。作为诗学的一部分，我认为谷禾的守诚可以是共识的一个坐标，因为我们不可否认，"同文学的活生生的经验相比，那些概念不过是僵化了的躯壳而已"。

讲究诗歌的担当和介入，使其在"时代、当下、历史"的诸多维度中起作用，产生"大众的、民族的、文化的意义和价值"。对于这些一般的"先锋"诗人忌谈的话题，谷禾表现出本能的率真。他尊崇希尼的确立"公民身份"的坦诚，也践行着"从日常生活中提炼出神奇的想象"和"让黑暗发出回声"。这就不难理解在谷禾的诗里，他书写苦难，又能跳出狭隘的诉苦式抒情。他在城乡结合部展开了一个具有地理纵深的诗学参照系统，是一个在阴影与光明的交割线上行走的诗人，身体一半被黑暗覆盖，一半被光明照亮。对于此起彼伏的矿难、车祸、海啸、地震、自杀……谷禾不可能无动于衷，因为潜意识里，这些事件受害者，如果不是命运的阴差阳错的摆布，完全有可能就是他的邻居、亲人，甚至就是他本人。当充耳的各种沉痛消息郁积到难以承载时，诗歌的表达方式必然结成批评家陈超所言的"噬心的时代主题"。

之所以认定谷禾的诗歌超越了传统乡土诗人的作为，是因为他的内心藏着"刀子"，他一直在警醒似的剔除臃肿而浅表的土地意象和运动诗歌的流弊，修复现代乡土精义在文明坍塌和工业铁拳挥舞下的悲凉处境。尤其在对人性的揭示和对制度化的黑暗语境的介入方面，他始终保持着一种犀利的回应。"开得像一场疾病的油菜花"，"那些死去和活着的人"，"百草明灭、山河破碎、洪水、干旱、瘟疫轮番肆虐的这土地"……面对全面沦丧的现实，谷禾的悲愤成了贯穿诗歌的深度意识和灵魂棱角。"刀子和刀子，对坐在堂前 / 隔着一杯好茶 / 听到彼此的心跳 / 这时候，刀子的光芒还敛在鞘里 / 但月光唤醒了它，让它壁立三尺悬崖 / 生出了问斩流水的决绝 / 抽刀，挥过去，握刀的手 / 电光火石地抖了一下 / 只一下，千丈白发便从空中落下来 / 刀子又坐回了，端茶近唇 / 吹了吹灼烫的涟漪，轻轻抿一下 / 从此消弭了踪影 / 刀子飘然离去的一刻，不再光芒护体 / 恍如一个行将就木的老人 / 回望一眼空荡的堂口 / 它败给了另一把刀子，也还原了 / 一座刀子的废墟。"对这首《刀子和刀子》的理解，仅仅停留在字面和行句分析上，就失去了本位意义。我更愿意将这两把刀子中的一把看作他自己，一把看作是时间，而这个"他自己"也可以置换成所有的生命个体，二者有着相互存在的、对立的、哲学的、砥砺的回旋张力，魔幻与现实的格调，把诗意带进一种深度，而构思的精巧和表达的精准，让诗的锐度得以最大限度地强化，通体散发出逼人战栗的寒光。这"个性化"，酿就于生活经验，发端在直觉判断里。

在高蹈的"先锋"语境里，刀子是被作为符号在使用，虚像的意义大于实际价值，那种膨胀的自我欲与物的内涵是扯开了的，有一种强行断裂的错愕，但在谷禾诗中，刀子与刀子，被赋予物的智性和社会性，折射了个体与生活现实的冲突与扭结，撕扯与媾合，以及对立与统一的种种关系。从世界视野的诗性经验看，而今的中外诗歌，精神、灵魂、直觉、体感，正在逐步脱离概念的主义的藩篱，而更加接近诗人本身，接近思想的本体，接近意识形态的本源，从而生发成本质的诗意和艺术生命强劲的诗性。

5

论谷禾的诗性豁达和文本内质的坚硬度及其通透的底气，是绕不开长诗的，就我所读到的《我，和你》、《庆典记》、《少年史》三个本子看，谷禾的向下挖掘能力确是功力不凡。《我，和你》延续了《刀子和刀子》的重影似隐喻，在对位的二元观照下，我和你，既可看作是故事面前的两个主客角色，也可是自己与外部世界，亦有可能是无数你和他们独有的社会生活经验。"你均匀的呼吸里，我燃起了一支烟"……世事就在这样的看守中娓娓道来，一次现实托起的精神历险被动情地打开，在夹叙夹议的语言牵引下，现实被虚拟，然后在回归中真实。在想象打通的纵深中，爱情让位于绝望的泪水和千疮百孔的烟火人间。他企图以爱情美化一切的动机，在出发时即因邂逅沙尘而昏天暗地，于是，"我和你"，不得不"在茫茫黑夜里航行"，最终以一场大火的代价涅槃。诗人想以爱情之美和相依为命的温情，完成一次审视现实的初衷，却至最后，被五十八具烧焦的尸体拖进废墟。似乎是，一个连美好爱情都不能寄生的世道，该有多么不美！但即便如此，诗人心中的明亮，依然如一豆灯火，燃起即意味着熄灭，摇曳的焦虑使他怀着悲痛，试图阐释残缺的世界。

如果短诗中，这种负面经验只是作为一种情绪的黯然花开的话，那么，在长诗中，他却能把这种无处不在的经验转变为强大的后坐力。"任何时候，作者都可以在语言中找到出路。"（哈罗德·品特语）甚至，散文家朱自清也认为："大自然和人生的悲剧是诗的语言。"谷禾的诗歌，尤其是长诗，在指向悲剧性的大自然和人生方面，无比执着，似有难以消解的悲愤。这在他的《庆典记》和《少年史》两个作品中最为突出。这两首长诗分别完成于2009 年和2010 年。二者之间显然有着情感逻辑的某种关联。《庆典记》共 45 节，在他的诗中，重力最大，诗的嘲讽和怨气是显的，对集权和专制的蔑视一以贯之。毫无疑问，他以一个独处诗人的冷峻、犀利，打量着目击的世象，并赋予最为深刻的辨识，这不是"唱反调"，而是一个诗人将担当落到实处的表现。且不去追溯此作写于什么时段，成于什么样的背景，其批判现实的意义已经超越了时间，更超出了某个具体的事件。"又一次彩排圆满成功 / 人去场空，仿佛一个器官抽离另一个器官 / 留下凛冽的空气，垃圾，剪纸的月亮 / 留下空虚之海 / 这样的夜晚，适于长睡不醒 // 更适于，醉生梦死。"（《庆典记》片段）长期以来，诗歌只是文学花边的偏见甚嚣尘上，阴霾般弥漫于大众的文学认知中，如以此对照，谷禾的重要作品，无一例外都在起着纠偏的作用。在答霍俊明的一个访谈时，针对歌舞升平、劳民伤财的"面子工程"，谷禾如是说："其实我们自己才最善于'遗忘'和'背叛'，我在极度的沮丧和愤懑中陆续写下了这些诗行，尽管在诗中对现实的批判多有苛刻，但我觉得它是诗的，有足够的思想含量。不瞒你说，对这首诗，我是有一点小小的骄傲的。"显然，谷禾是一个对"写作本身所处的本土生存与历史境遇"不忽视不回避不偏离的人，是一个有血性的类似高尔基称赞布宁所言的"善于以惊人的力量感受日常生活的意义，并极其出色地把那种生活描绘出来"的当代诗人。

相对而言，《少年史》的隐秘性色彩要浓一些，诗歌完全遵循个人化视角下的记忆观照，书写了时间活态下的成长史，深入地展现命运的文化诉求。作品内容对历史真相的还原是惊人的："文革"伤痕自不待言，具体到一个村子里的农民对刘少奇、林彪、邓小平和"四人帮"的认知，甚至八九之夏等重大国家事件"在一个少年心中激起的小回声"。谷禾说："因为接近了真实，它才有了锋芒和疼痛，有了对那一段荒诞历史的反思和批判，有了力量。"不可否认，在《少年史》中，最具文学形态的是那份淋漓尽致、刻骨铭心的"孤独"，由于叙事立场的前置，此"孤独"所产生的诗学价值已经超越了个人命运和文本界限，接通了时代，并在当下形成本质化的颇具硬度的诗意。

6

一直以来，转型成功的谷禾为读者熟识的无外乎是对擅长哭泣的妓女、倒霉的建筑工、无助的亲人等底层人物命运的书写。其实，谷禾自绝尘于乡土赞歌之后的抵近诗歌本质的自觉步调一直未曾停下过，那种标签似的试图以出生指向为先锋的浅表认知早为他觉醒与自动疏离。他深沉的爱、疼痛、希望，已经与批判性的救赎精神擦出火花。"生无信仰心，恒被他笑具。"（唐代佛典《法苑珠林》）对于终生信仰的追求他看重并浓缩在《鲜花宁静》之中。"大地渺远。天空无限／活着与死去的人，一次次从芳香中走过。"沐浴"芳香"，这人本化的宗教期冀，才是他的终极追求。因此，他已经不满足于流派意义层面的诗意建构。他潜意识里在接受与跟进如赛弗里斯、希门内斯、阿米亥、希尼、保罗·策兰等大师们呼吁的"诗歌的纠正力量"以及"艺术的正直担当"。

其实，就诗歌写作而言，谷禾一直在自觉而强化地坚持"及物"与"日常"，只不过，他没有如某些口语投机分子那样祭旗民间，把"向下"搞成"下作"。他捕捉的日常经验和具体事物的诗性意义，从不因具体化、情景化、直觉化而琐碎浮泛和经不起审美拷问，他的"叙事诗学"在主体发展上是这样的：鞭笞与建构同在，批判与立心并行，尖锐与深情互动。他让叙事的抒情性保持复眼一样的敏感，自动疏离段子化的生理需求游戏，不耽于小感觉的急躁与快慰，而是气象阔大，语势丰赡，内容繁富，卓有极度的纵深。诗评家李犁说："我在谷禾的诗歌中感到了一种浩瀚，就是说他的诗歌广袤而又汹涌。犹如七月晴朗的大海，外视激滟而荡漾，内里却是凝重而苍茫。这是一种深远更是一种力量。这力量来自于他对世界深入骨髓的热爱，以及由热爱而衍生出的忧患和关怀。这热爱化作诗人的激情，并成为诗歌的气脉，使诗歌如长河奔流，让我们不得不投入全部的注意力，然后，情感因之而摇撼，并让我们的心灵品尝出人生的百般滋味！"

他从来就没有放弃向世界性大诗人及其经典诗歌致敬，对接与之相投的气味！这是我在他诗歌中读出来的又一份激动。一个善于学习和借鉴的诗人总是能带给阅读源源不断的希望与信心。比如他的《劈柴的父亲》，很显然，是对希尼的经典文本《挖掘》的继承与再造。"总是在第一场雪之前／父亲要把过冬的木柴劈好／他找来一些废木头／那些白榆、杨柳、刺槐和泡桐木／雨季里生出潮湿的青苔／也曾长出鲜蘑／但现在，他必须把它们劈开来／让暗藏的温暖显形／我站在一旁，看斧光闪烁，木屑纷飞／白色的寒气从他的肺腑吐出来／木柴的生鲜气息很快弥漫了安静的院子……"这是取自谷禾诗歌《劈柴的父亲》的片段，拙朴之功和以细节带动的丰富而绵厚的情怀，历历可见。参看希尼的《挖掘》中的片段："我的窗下，一个清晰而粗粝的响声／铁铲切进了砾石累累的土地：／我爹在挖土。我向下望／看到花坪间他正使劲的臀部／弯下去，伸上来，二十年来／穿过白薯垄有节奏地俯仰着，／他在挖土。／／粗劣的靴子踩在铁铲上，长柄／贴着膝头的内侧有力地撬动，／他把表面一层厚土连根掀起，／把铁铲发亮的一边深深埋下去，／使新薯四散，我们捡在手中，／爱它们又凉又硬的味儿。"（袁可嘉译）如果再对照全诗做整体与局部的比对阅读，不难发现两者内在气脉的一致性与精神气度的相似性。谷禾曾经通过《叙述对当下诗歌的介入》表达如是主张：当代汉诗应该接轨现实。他吁请"让诗歌从云端之外结结实实地回到尘埃里"。为此，他曾撰文毫不隐讳自己对大诗人希尼的师承关系，从诗人身份的确立，诗人发声的独特，诗歌技艺的有效性等维度明确诗人对社会的诗意"挖掘"的价值与意义。

在早晨六点的曙光中结束此文时，我突然想起布莱克的妙语："辛勤的蜜蜂永远没有时间悲哀。"事实是，精进的谷禾亦在返璞归真中"日日新"。他内心的平静，心律的缓动，灵魂的不安，无不都在与深刻地探求人的行为的善恶发生关系，与对现实的思辨与出口的找寻同频共振。对于克莱夫·贝尔提出的"有意味的形式"，谷禾深切领悟，并在命运与人性的核心地带深度探知，苦苦求索，当"挖掘"的意义开始溢出生活本身，会不会有一个更大的世界，在他的新作中打开？答案自动存在诗里！ [Z]

诗　说

□ 李数白

　　"诗是什么?"追问一个形而上问题有意义吗？诗是怎样的，这一点并不神秘，而诗存在着这一点是神秘的。有多少个诗人，就有多少诗的定义，这是由他的素养决定的。就像"任何戴着手表的人都可以告诉你现在的时间，但是谁能告诉你时间是什么?"

　　写好诗也分三步走，一、与散文区分开来。古诗源说，诗即韵文，其他是散文。二、与歌区分开来。歌更接近某种被承认的情感或语言惯性，其动人处往往靠曲子延展出来，诗的重要性在于对熟悉的或惯性的抗拒，其意念是以意念的辨析为前提的。三、与诗区分开来。即用诗超越诗，也即超越语言。

　　散文的特色是，"除了最后一行之外都直指全篇的结尾；而诗从一开始就可能背离结束"。诗通过"飞"和"突降"（梦手法）促使愿望达成。为此它会付出飞也要完成的代价，这是梦里人为什么会飞的原因。至于突降，指在梦里与你不相关的人或物也会出现，死去的活着的已知的未知的，都会与你共舞。马拉美写道，"肉体是悲惨的。唉，我读过所有的书籍"！你知道他说什么，真是风马牛不相及。然而它似乎是一首诗在生物学上惟一自然的途径，不是依靠思想（精神）的逻辑而是情绪（感觉）的递转。

　　诗不是一个加法的总和，而是一个减法的得数。当你用加法时，一个念头接一个念头，写不完，最后你还是不能知道全豹。当你用减法时，你心中已有全豹，只需简单勾画，就是你要的豹了。老子说，为学日益，为道日损。做学问用加法，但诗与道，都是减法。

　　在写作领域感觉强度占上风，比如我们想表达某种东西，结果和预想的并不一样。在欣赏领域精神强度占上风，比如我们想洞悉作者的感觉，结果欣赏到的是欣赏者观点中认同的部分。

　　诗歌是兴趣取向，而非价值取向。在诗形成时，那些附有强烈想法的重要部分往往成了次要部分，反而被"诗思"中一些新的兴趣所取代上升为主要的部分。即诗思各元素的精神强度被诗内容各元素的感觉强度所置换。我们可以把这称为"心理强度的转移"，也可称为"过度决定"。

　　你知道金刚石和石墨的区别，为什么不同的排列差别那么大？这驱使你的心会重新定义最完美的形式。

　　"一个想象的世界，无论它怎样不同于实在的世界，必有某种东西——一种形式——为它与实在的世界所共有。"它是依靠思考实在世界的形式来思考想象的世界的。

　　诗人以诗当哭，俗人用泪水。

　　艺术就是那样获得生命的。你对它倾注全部

感情和精力，全身心投入，等于它就转化为你而"活着"。

文本中说话的人，是"外在叙述者"。当叙述开始即离开实在，使之成为外在叙述者。精神价值脱离作者而存在。"你我他"只是对话对象不同。

诗中有三种声音，对你说话的声音，对我说话的声音，对他（她，它）说话的声音。诗中的你我他，都不是确指，只是为了对话方便，虚设的人格精神。

不管你承认不承认，每个人都有自己严格的诗歌谱系。

对新艺术必有人付出代价。

丧钟为谁而鸣？丧钟为你而鸣。我们互相感念着这个流逝的人生，既是"生道"，也是"灭道"。我们都清楚知道，"只有一次／一切事物，只有一次。一次而没有更多。我们也是／一次。从来没有再一次。"只有艺术教会你如何在"扣留"时间中获得新生。

德里达说是，异延。比绵延更确切。让我们看到"延"的同时看到"异"。这个异既可以是时间赋予人的，也可以是人赋予时间的。

诗人不是打在身上的名号，佛也不是印在头上的标志，就像悟即是佛，不悟即是众生一样，写出新意是诗人，写不出新意便不是诗人。诗人也是一个动态的概念。

一部作品完成之日也是它死亡之时，那可怕的异延诱导着诗人或艺术家在不断的创作中接近某些东西又离开某些东西。再伟大的作品，通向它的途径不再会是艺术的，而是历史学的或人类学的。

一首诗的意义只能是另一首诗，我只能是另一个我。这就是奥登说的，"一个不能再度发生的事件没有意义"。活可以继续活着，死不可以死两次。诗也是这样，诗的意义在数的法则，重复和神秘之中。"我对怎么把句子放进三四个诗节里总是很感兴趣。"于是我们看到人类所有的诗。

向前走，朋友们最想看的，是你的新作。

没有时间停留，最好的作品是"下一个"。

心中日新月异的艺术叫我们坚定。周遭都正在变成"过去"，包括每一个新的想法，当我们以"未来"的视角将之勾画时，它获得了一种前倾的力量，并因之赋予一种新的意义。这是我们对艺术的信念之源吧。

我们每天都能听到一位新诗人的声音，他恰当地描述自己，超越世界盲目地呈现。

如果一首诗读了三行还不能抓住我，或一部电影看了10分钟还没有感觉，我就会选择放弃。不管它的后来怎么样，起码作者在深入方式上就有问题。一个在深入方式上有问题的人，你还能对它有多高的期待？

人有奇想，天必助之。

经验转化为诗，如桑叶变成绸缎。如果我们不能在这方面看出诗人的化工，那诗人与生活中的一般感受者就没有什么不同，因为一般人也能如是看到桑叶。

每个时段都以一首诗烙下了对生活的理解、体验和表达。这样，如果能写出心中的那部书，我想自己的一生没有虚度，哪怕再用个十年，我等待闪烁于生命角角落落的契机，它们夺去了生命中一粒粒小小的火花，以书页的形式翻动生命的皱褶。

一首诗虽然写于一时，记录的却是一段人生。我一直迷信这个：诗是神物，诗即诗谶。

天地日月经李白苏轼审视后变得有所不同了。读过唐诗宋词的人有了和没读过它们的人不一样的心灵深度或精神。

李白供奉翰林时，奉诏作《清平调》三首，其中第二首写道，"一枝红艳露凝香，云雨巫山枉断肠。借问汉宫谁得似？可怜飞燕倚新妆。"将杨玉环比作赵飞燕，后杨玉环缢死马嵬坡，和赵飞燕落得一个下场。人以为中了李白诗谶。

诗之所以为谶，是因为诗人创作时说出了不可说破的秘密，而这个秘密一旦被说破，就等于未经上天允许预知了自己的未来命运，这就是"泄露天机"，诗人们就要因此受到惩罚，即闻一多所说的"遭受天谴"，或说中谶。例如，薛涛"枝迎南北鸟，叶送往来风"，刘希夷"今年花落颜色改，明年花开复谁在"等。

我们重复诗人的句子就等于再生活一次。

惟有在写作中扣留时间，作为我们交换未来的"人质"。只是当我们交出这个人质时，即是交出全部的自己，那时所有交换的砝码即是天空也显得微不足道了，何况星星。

所有的艺术家都在一同开始，同时面对的不是外界，而是他们的内心。

如果诗真是那么神圣和伟大——如我们感觉的那样，就让我们一点点地接近她，我们享受的是过程而不是结果，她就像一颗明亮欲滴在山巅的星星，在逐步后退中把我们引向了星空。

也许只有诗歌引导我们，生活需要想象力。

不写诗的人，当然体验不到写诗的"好处"。"诗的写作是意识、思维和对世界的感受的巨大加速器。一个人若有一次体验到这种加速，他就不会再拒绝重复这种体验，他就会落入对这一过程的依赖，就像落进对麻醉剂或烈酒的依赖一样。"写诗类似于做爱，是一个挑战巅峰的过程，好处自知，不足为外人道也。

对想象力丰富的人，1+1可得出很多答案。它透过现象投射到伦理，政治，统计学等领域。惟独诗人狄金森说，"一加一，是一。二，应该废弃"。意即，你从来不属于谁，你只属于你自己。

我们曾幻想，只要构成语境的对话关系不被打破，意义就永远存在。其结果是，一方面，随着时间的推移，写作那首诗的"我"不在了，另一方面，他在诗中指涉的那些"物"也发生了变化，与此伴随的还有它的媒介，人们对词语的态度，与之交流的观众等不确定因素的影响，都使这首诗"面目全非"。

好诗具有表演的性质，必须在一首诗中连续征服读者超过两次。

中国诗人似乎都存在着"抛物线"现象，他把自己抛出去了就再也没有把自己接住，即在中青年时期达到艺术的高点，之后开始走下坡路。不同于西方诗人，越写越好，巅峰之作出现在晚年。

"写作不是为了生存，而只是为了释放内心能量。""我写作，是为了我自己和我的朋友，是为了让光阴的流逝使我安心。""惟有写作本身才算一回事"，其余（评论，出版，宣传，甚至流传）都是文学。已经跟写者没有什么关系了。

何谓顶尖诗人？在精神境界上达至清醒和完全自觉的写作，其意念是以意念的辨析为前提的。在技艺上炉火纯青。如，叶芝，瓦雷里，弗罗斯特……

曾有一个人说自己"还没有成为诗人"。何为成为诗人？我说，当诗在你生命中成为一种信仰，从无动摇，不写诗不能活时，就成为诗人。

诗也是一种宗教，本义是"言寺"。诗始于愉悦，终于澄明。古人曾描绘过"诗的启示"降临时那着魔般的情形："情动于中而形于言，言之不足，故嗟叹之，嗟叹之不足，故咏歌之，咏歌之不足，不知手之舞之足之蹈之也"，而一首诗写完时，通体就像透亮了，虚脱了。类似庄子所说的"天人合一"。

正像在梦中你不知道自己在做梦，在现实中你不知道自己在经历现实。

向后一回头，时间就在"现时"生成一个空白。向前看也一样。不要认为现时重要，在当时你看不到它，它总是被后一刻发现或照亮。但当我们用后一刻去看前一刻时，这后一刻又搁置在哪里？因此人永远处在对现时的"无明"之中。那些生命奇观，就是我们通常所说的"看到"，它跟生命没有直接关联，悬浮于生活之上，只构成延宕。所以人生是懵懂的，人生如梦。

你有没有意识到我们看到的人物已经不是我们以为的人物，他们只是一组相似相续的相而已。或者，你有没有想过把二十岁的玛格丽特，四十岁的玛格丽特，六十岁的玛格丽特放在一起是残酷的。或者，你有没有听说过"我已无我，故汝须见我我。汝若师我，故知我非我我"。那就是异延，它在一切事物上发生着。

我觉得小时代就要来临，越小它包含的精神性越大。它是一个和文化膨胀对遮的微妙神秘的世界。一旦被重复，它就消失。

"一个人不能了解生命，生命对他来说是一种惩罚。"了解了就不惩罚了？

"仙"虽然并不存在，或成为"山人"已不可能，但这样一种理想或虚构状态的概念，对于欣赏一切看得见的人来说，具有很大的价值。

为什么每个人的生日这一天与其他天有所不同，因为在这一天他或她特意去感受，使之也有了知觉似的，因而有了生命。万物无不如此，有灵且美。所谓我看青山多妩媚，料青山看我亦如此。要是我们都像对待生日那样觉醒似的对待每一天，那么生就找回来了，变成重生，新生或永生。

终生困惑着我并令我苦恼的是，我不能超越我的形体。

"我不关心世俗的成功，只有你很在意。"自我在哪儿，哪儿就是中心，万象都围绕着它排列。

"日新月异"，在我的词典里意即，每日写一条微博，每月写一首诗。我希望这一习惯延续我的一生。

他手执玉环，在想：你最远能到多远呢？

可不可以这样说，你的世界即你的世界观。意识不到的冰岛或基里巴斯，它又和你有什么关系呢？

我们所知，都是庸常之见。我们所感，才别有洞天。

"一个年轻作家急于通过自己作品的发表获得承认，这本身不过是个相当平凡的开端。任何真正的作家，都无法设想生活中可以没有写作，这根本算不得什么。"促使写作获得意义的，是同死亡作战，它教会你什么是抵御的价值，而不是拱手相让。

我只希望像李白那样活着，孤独，但内心敞亮；朋友不多，但个个像月亮。

看人也是有角度的。他能做一千个梦，他就有一千个角度。人们常常从一个角度被看扁了。

每个人都是一本没翻开的书，我不会因我看懂或者看不懂而诋毁这本书。

有两样东西永远无法消除，一是孤独，一是异延。惟爱情可以抑制孤独，驱逐死神。那异延呢？异延就是下一刻的你已不是这一刻的你了。所以要像毕加索不停地创造艺术，才能忘却这种恐惧。

如果无角度，太阳底下没什么新鲜玩意。就是说，人们从不同角度翻看"同一样"东西，或者说，爱的方式不同但爱是不变的。

只有艺术家，疯子，才能于平平无奇的人群中发现"妖精"。灵修草说，怪不得狐精专找书生。

陈氏三兄妹，佛明，道清，儒雅，就如何求

得"安心法"争论不休。佛明说，"不动心即安心"。道清说，"顺其自然，则本性不乱"。儒雅说，"不停地创造，'超越'时光的流逝"。

最真的自己可散于当下，过去或未来。但只有当下使你感到有着落，而不是虚幻着。当下就像灯芯，过去和未来像围绕灯芯的光圈，它们虚实相应，互不分离。我们试图向灯引燃某种东西，只有灯芯才能将之点着，光圈再明亮，却不能（点着那东西），就是说过去和未来只是虚设。

悟即是佛，不悟即是众生。得道即是仙，不得道即是凡。创新即是雅，不创新即是俗。

只有"人性本恶"的假设，才能推论出向善和进步，修行和度化。若是如东方说的"人性本善"，则只有向下趋势，滑向恶。

野蛮的步伐都是以胜算为尺度。恶只能是人类的。"当一个人开始觉得他胜于另一个人，恶便开始生根了。"

文学，对有些人是救赎，对有些人是灾难。

在意识深处，有许多个点，有先在的，有后成的，有预设的，像星星，你把这些点打通了，形成"路"，转起来。心灵陀螺，转到圈子最大时（能力边际），一个精神现象消失，接着进入下一个圈环。打通是个艰辛漫长的过程，通常需要三十年。三十年后，陀螺运转，就没有时间限定了，可以是三天或三个月，一篇论文的完成时间。

博尔赫斯说，神学和形而上学一直是他对付"另一个"的武器，那"另一个"正在这两种武器面前逐渐消失，不留痕迹。在中国，神学即心学，形而上学即玄学。通过形象学和形而上学抵达真，因为真既不是有形的也不是无形的，非形非无形，是故不断，名为不二。这是我理解的洞神洞玄洞真。

人生如寄，最后那一封信写给自己。打开一看，竟是，"这么多年，你对话与一个你同名同姓的人，你相信存在着'另一个自己'，它像蝇眼分呈于万事万物之上，使你越寻找他展示的越多，离你越遥远。形式如海似潮翻腾多变。现在你放弃寻找了，他回到自己。他就是影子。滋生或熄灭于你'心智'的光源。"[Z]

诗学观点

□孙凤玲／辑

●**陈仲义**认为，诗歌的"红灯区"闪烁着人类羞涩的三角地带，本能、原欲、冲动、力比多，包括自慰、癫狂、自虐、他虐、偷窥、恋癖……只是冰山的一角。人类的性与情欲的面纱，也只是隔着一层纸。捅破，用湿的指头或针尖。红灯区两旁，高挂色情与情色的灯笼。有时左边多一些，有时右边亮一些，更多时候是左右交集。进出的嫖客或看客，充满痒痒的臆想、幻象，有带童真与处女的本色，有贡献实际操作经验，总体趋势是共赴性感与意淫的盛宴。情色与色情，只有一字之差。前者与情爱相等，后者与性欲黏合。色情多属于人的本能原欲，无遮掩的生理需求与活动，注重感官享受，情欲宣泄。情色多偏向性文化内容，属于性与爱，灵与欲的混搭，充盈性感刺激，更多是性情趣的开发。或许，他们更深地进出诱惑、放纵、欢怡与痛感的层面，再把它转换成文本。所以，某种意义上，"写诗就是在做爱"。

（《诗评论》，《诗生活》2016 年 4 月 12 日）

●**魏天无**说，人们因为个人爱好、趣味的原因不读诗歌，本是正常的事情；但如果因为诗歌不合自己的口味，而认为诗歌已死，或者被疯子们所把持，则是荒唐的。更可怕的情形也许是，在诗歌同行内部，为了抬高某个适合自己口味的诗人而拉出一批可以随意砍杀的垫背者，并且以为只有这样才能凸显自己欣赏趣味的独一无二，也以此来鄙视他人的温和立场为"中庸"。因此不难理解，为什么史密斯要特别指出，福斯特的"中间道路"其实更为激进，他为此不惜冒着被人指责为"平庸"的危险。"侵蚀心灵、扼杀直觉，阻碍我们赞扬美德的，恰恰是不自觉的怀疑"。"福斯特让他笔下的人物自己意识到这个弱点；他们与它展开斗争，取得了胜利。他们学会了赞美。"史密斯这样说。

（《不合时宜的"平庸"》，《深圳特区报》2016 年 1 月 11 日）

●**李少君**认为，我们正在进入也是作为一种追求目标的阶段，那就是当代诗歌美学典范的建构阶段。这样一个即将出现的新的阶段，我称之为一个向上超越的阶段。在这个阶段，向上，确立新的美学原则，创造新的美学形象，建立现代意义世界。这类最高的存在方式应该是美的存在，甚至美就是人生的目的。人生，其实就是模仿美。人是在对美的追求中成为人的。因为，诗歌和文字正是使人类区别于其他物种的标志之一，所以应该成为人类的追求方向和目标。美的表现形式之一是语言建构的形象，美的形象，同时也是符合道德伦理和真实人生的。在当代诗歌中，这样鲜明的美学形象，并因此呈现的意义世界，还是相当匮乏。所以，向上，确立新的美学原则，创造新的美学形象，建立现代意义世界，是一个有待完成的目标。现代意义世界，应在天地人神的不断循环之中建立，兼具自然性、人性、神性三位一体，因为，自然乃人存在的家园，这是基础，而对人性、人心、人道的尊重和具备，是必须的现代准则。神性，则代表一种向上的维度，引导人的上升而非坠落。只有在这样一个多维度的融域视野中，高度才是可能的，当代诗歌的高峰也才会出现。

（《当代诗歌的美学呼唤》，中国作家网：http://www.chinawriter.com.cn 2016 年 4 月 11 日 14:23 ）

●张执浩认为，每一个诗人都是由他笔下的词语所塑造的，也就是说，那些频繁、密集出现在诗人作品中的词语，往往能让我们窥测到这个写作者的精神向度和生活旨趣。只要你写作，你的内心活动就会跃然于纸上，无论你怎么掩饰，这些词语都将暴露你的行踪。而当一个人的笔下充满了流水、小径、炊烟、白鹭、柳丝、茶园、庭院、浮云……等等，这样一些相对僻静古远的词汇时，这个写作者的形象已经被固定了下来，我们几乎能够看见他了，尽管还需要通过深入的阅读来进一步加以指认。按照我的阅读习惯和偏好来说，我喜欢那种能够拉开距离、差异性很强的作品，当然最好是个人面貌清晰的作品，阅读他们能让我看见自身的不足，当然不是为了弥补，而是为了进一步拉开。

（《最好的生活，是我们可以不看到人》，张执浩博客：http://blog.sina.com.cn/s/blog_412bc34f0102ws64.html 2016-05-12 00:22:59 ）

●西川说，"在'他者视野'中获取更多的是对自我生活的审视。翻译在当代世界文化中变得非常重要，很多思想家的哲学思考都是从翻译中获得灵感。翻译已经远不是一种工具，而可能是一种哲学的思索。我很感谢今天的这个主题——'他者视野中的中国诗歌'，我需要用别人的眼光去看待我自己的生活，需要绕道用别人的语言去更深刻地理解我的生活"。西川兼具诗人与翻译家双重身份，他曾翻译了切斯瓦夫·米沃什、博尔赫斯、加里·斯奈德，还有来自挪威的奥拉夫·H·豪格等人的作品。西川认为真正有创作力的诗人都在远离人群的地方。在中国的学生群体中的读古诗，背古诗的行为，都是教育的一部分，跟创作力没有关系，真正做实验的诗人，有创造力的诗人，如先锋诗人群体，他们往往会走到没什么人的地方。

（《诗歌翻译让我绕道用别人的语言去理解我的生活》，澎湃新闻网：http://www.thepaper.cn/newsDetail_forward_1454182 2016 年 4 月 9 日 10:12)

●程一身认为，大体而言诗歌中的现实感可以分成三类：对自身的现实感、对他人的现实感、对物的现实感。诗是有"我"的艺术。无论什么事物，只要不和"我"建立有效的关系，就不能进入诗，更不能成其为诗。诗歌的肌体内似乎并无感应世纪变迁的神经末梢，新世纪诗歌仍是上世纪诗歌的延续。当代诗人仍普遍面临着来自现实的压力——不是不现实，而是现实得不够。所谓"现实得不够"未必是作者的自觉，更可能是外界的判断，这与诗歌的持续被冷落存在着因果关系。就此而言，读者与作者之间的关系仍是紧张的，但我并不倾向于让作者一味迎合读者，毕竟写作首要的是独立性。对作者来说，为自己写总比为他人写更有说服力。事实上，新世纪诗歌对现实的书写不再像过去那样直接集中，流于表象了，而是以分散深入的形式融入字里行间。这种写作技术的进步不免让某些守旧的读者陷入失察的窘境，以至于以为这些诗不现实。更重要的是，他们对现实持一种狭隘的理解并因此不能深入捕捉诗中的现实感。

（《新世纪诗歌的现实感问题》，《文学报》2016 年 1 月 21 日）

●王泽龙认为，中国新诗虽跨入百年，却没有建构起被认可的新诗诗学观、新诗美学原则、新诗的成熟形式等。新诗研究缺少系统的形式研究与学理建构，更缺乏独创性的现代诗学范畴与理论，基本停留在对诗歌个体的解读、诗歌现象的阐释、诗歌文化层面的批评等方面。王泽龙解释说，一方面应该继续深入诗歌本体的系统研究，诸如诗歌的语言、诗歌的体式、诗歌的节奏韵律、诗歌的隐喻等问题，古代诗歌与现代诗歌传承与转化的艺术形式研究，西方诗歌与中国现代诗歌的形式比较研究等。另一方面，应弥补长期以来对诗歌外部研究的不足，如何在对传统的历史批评与社会学批评的反思中，继续有效的社会历史美学的诗歌研究，在当下是非常需要的。中国新诗研究不能闭门造车，需要关注当代政治生活、社会日常生活的诗歌美学，诗歌与民众的思想、情感、生活的联系等。

（《"内外兼修"开拓新诗研究》，《中国社会科学报》2016年1月11日）

●霍俊明说，"微信诗歌"作为一种新现象需要时间的检验、观察、辨析和衡估。就已经产生的现象、问题和效应来看，也需要及时予以疏导和矫正。软绵绵、甜腻腻的心灵鸡汤式的日常小感受、身体官能体验的欣快症、新闻化的现实仿写以及肤浅煽情的美文写作大有流行趋势。微信这一"写作民主"的交互性平台已经催生了"微信写作虚荣心"，很多人认为只要拥有了微信就拥有了自己的话语权，甚至滋生出了偏执、狭隘、自大的心理。与此同时电子化的大众阅读对诗歌的评价标准与尺度也起到了作用。尤其是在新媒体平台上，海量且时时更新的诗歌生产和即时性消费在制造一个个热点诗人的同时，也使得"好诗"被大量平庸和伪劣假冒的诗瞬间吞噬、淹没。与此相应，受众对微信新诗和新媒体诗歌的分辨力正在降低。如何对好诗进行甄别并推广到尽可能广泛的阅读空间，如何对新媒体时代的诗歌做出及时有效的总结和研究就成了当下诗歌生态中不可回避的重要课题与难题。

（《2015年诗歌：二维码时代：诗歌回暖了吗》，中国作家网：http://www.chi-nawriter.com.cn 2016年1月20日 12:16）

●苗雨时认为，一切艺术的共同特性，就是"表现性"。一件诗歌作品，就是一个表现性的形式。这种表现性形式，供人们的感官去感知，或供人们的想象去想象。而它所表现的东西是人的生命的情感。表现性形式，不是一类具体的事物，它具有一定的抽象性。实际上，它是一种知觉和想象的特定的逻辑关系模式。以此种关系模式，就可以表现具有同构关系的某种情感或事物。某种情感与某种表现性形式能够动态同构，表现性形式就成了"情感生活"在艺术的时间、空间或诗中的投影。因此，诗歌的形式，就是情感的形式。诗的情感的形式，是生命的形式。当我们欣赏一部诗作的时候，往往能从中看到"生命"，看到"生机"和"活力"。这种精神，并不是诗人的创造精神，而是作品本身的性质。一个诗人在创作中，应该给自己的诗作以"生命"，一件"死"的作品肯定是毫无价值的。那么，一件作品为什么需要有生命的形式？生命的形式又是指什么？

（《论诗歌的生命形式》，苗雨时的博客：http://blog.sina.com.cn/s/blog_66e437910102we9k.html 2016-05-21 06:27:24）

●白炳安认为，散文诗的语言凝练、留白、通感，表现为意象的组合与音乐的节奏，灵动着诗质，活跃着哲思，排斥对事物的整体性书写，只限于局部的跳跃性展现。其语言少陈述，多抒发，讲浓缩，喜省略，善隐喻，通过陌生化的语言结构形成新的结构法。日常交流语言和一般书写语言都有人们司空见惯的语法形态，即语言的惯常化。创作散文诗，就是要偏离语言的惯常化，换言之，就是要打破语言的格式化，在语言的结构上进行扭曲、变形，造成感觉的陌生化，由此传递出鲜活的审美价值。散文诗语言要陌生化，必须突破语言的格式化，弃用惯常化的语言来指称事物，创造新的方式表现见到的事物，实行艺术命名。没有语言的陌生化，散文诗就会固死于格式化的语言或陈腐于惯常化的语言，失去对艺术的创造力。无需辩论，散文诗语言是对习惯性语言的智性超越，其打破常规结构的一个重要手段，就是陌生化。

（《**散文诗语言的陌生化**》，《**未央文学**》双月刊的博客：http://blog.sina.com.cn/s/blog_522597670102w9x5.html 2016-05-22 22:19:46）

●**王久辛**说，什么是好诗？如果让我来"摸象"，我认为那些举世公认的好诗，大抵是感性、智性与神性的结合。好诗首先是感性的。如果一首诗给人的印象是凭借理性的智慧编织出来的，那恐怕就不是诗了。诗是直感的抒发与胸臆的喷涌和流淌，高明的诗人，一定会将这种直感用文字迅疾地固定下来。当感性帮助诗人完成了对事物本质的捕捉与文字的迅疾固化之后，智性会帮助诗人沿着感性的直觉，推动字与字的连动与激发，促使诗行有如神助般喷涌而出。感性迅疾转换为智性，智性又迅疾生发出激情与思想相融的表达。智性即智慧的习性，这种习性一旦养成，便会与感性联合，帮助诗人完成一首又一首诗歌的创造。真正的好诗，一定是诗性充沛的，这个充沛指的就是诗的意境丰盈。无论是感性的表达还是智性的推动与神性的天助，最终都是为了创造一首浑然一体的诗歌。一首诗表面看是句子与句子的排列组合，其实更关键的是句子与句子相互激发着、推动着创造出来的诗境。这个诗境，是全诗的每一个音节、每一个笔画共同完成的。

（《**诗的感性、智性与神性**》，《**人民日报**》2016年4月29日）

●**王珂**认为，新诗是一种"现代性"文体，所以又称为"现代诗"或"现代汉诗"。新诗的启蒙现代性要求新诗在"写什么"上是一种先锋性、世俗化文体，决定了新诗要抒写中国人的现代生活和现代社会，表达中国人的现代情感和现代情绪，培养中国人的现代意识和现代精神。今天新诗现代性建设的核心任务就是要为中国的现代化建设服务，具体为让中国人成为现代人和让中国成为现代强国。所以新诗现代性建设除了以重视诗的体裁及诗体形式建设为主要内容的审美现代性建设外，还要重视以诗的题材及诗体风格为重要内容的启蒙现代性建设。即形式与内容、诗体与诗题、审美现代性建设和启蒙现代性建设相得益彰，互相促进。新诗现代性建设的总原则是新诗应该绝对地现代，却不能极端地现代，应该借用政治上的"民主集中制"原则，要有民主精神和多元视野。所以今日新诗现代性建设要关注国人的生存问题，重视国人的生理需要和审美需要，强调诗的启蒙功能、抒情功能和治疗功能。

（《**新诗现代性建设要建设九大诗题**》，中国新诗大诗界的博客：http://blog.sina.com.cn/s/blog_99bc27a40102wk3a.html 2016-04-30 21:19:10）

与诗歌对话

——故缘夜话六十六弹

◆ 李亚飞

今天是 7 月 18 日，入伏的第二天。今年的梅雨季特别长，且暴雨不断，所以并没有往年的燥热，反而当夜幕降临之后，会有一丝丝凉意。

7 月的编前会如期召开。车延高最早来到"故缘"，拿起桌上的《王合多重彩艺术画册》，仔细翻阅起来，顺势和谢老师聊起了艺术。

"艺术需要创新，重彩就是创新的典范，但万变不离其宗——美。"车延高说道。

"浓墨重彩是他的特色，也因为他长期在大西北采风，所以画中有一些中国历史文化的元素。"编辑刘蔚接话。

"是的，艺术的目的就是带给人愉悦的感受，你们看这幅曾梵志的画，它可以带给人们不同的视觉美感，挂在哪里都适合。"谢老师应和道。

本卷相关

"今天要讨论的事情比较多，首先你们看看第八卷的样书。"谢老师快言快语。

"本卷的头条是浙江诗人泉子，前年他曾来过稿，我编了个头条，结果开编前会讨论没有通过。今年我又约他给点新作，后来我和他来往了几次，编成现在这个样子，请你们认真看看。"车延高、阎志和邹建军分别拿起样书，认真审阅。

"'这些光秃秃的柳条多么像披拂而下的琴弦 / 而在虚空中隐而不现的，那么有力的手指 / 还没有来得及摁下 / 并弹拨出这尘世的第一个音符。'想象力还是不错的。"车延高说道。

"这一卷的'原创阵地'、'实力诗人'、'女性诗人'也是我们认真编选的，你们看看有没有什么意见。"谢老师继续发话道。

"没有问题，我们相信谢老师的眼光。"邹建军笑着说道，车延高和阎志也点头表示赞同。

打破传统的"新发现"名单

"你们面前放的是我挑选出来的 33 份'新发现'的稿件，你们都看看。"谢老师说道。

"今年从 4 月 29 日发出征稿启事，截至 6 月 30 日，共收到近四百份稿件，这 33 个人是我在朱妍挑选的基础上又选出来的，20个男生，13个女生。"只见谢老师拿出了好几张写满记录的稿纸，一边向众人通报情况，一边在纸上写写画画。

"我也认真看了谢老师发给我的这33个人的电子稿，我将挑选出来的12个人的名单已经反馈给谢老师了。"邹建军紧接着说。

"对，我综合了邹老师的意见，发现我和邹老师选出来的6个女生完全重合，6个男生稍有不同。"谢老师兴奋地说道，对挑选出来的名单非常满意。

"我刚看了，祁十木等人的诗歌写得还不错。看年轻人的诗歌啊，一定要有后劲儿，有潜力，有情感，这样才能走得远！"车延高边看稿件边感慨道。

茶又续了一回。经过大家的热烈讨论，2016年"新发现"的名单也出炉了：金小杰、蓝格子、任如意、卓灵、甜河、西克、公刘文西、祁十木、高爽、程一、马骥文、张元。

"那岂不是7个男生，5个女生了？往年都是6男6女呢。"谢老师提出了疑问。

"那我们就打破常规，推陈出新！"阎志斩钉截铁地说道。

祝贺入围的12个人，也期待与你们相约武汉！

"头脑风暴"之武汉诗歌节

在8月的伏天里，小编最期待的就是诗歌节了，能给这个夏天带来一抹诗意的活动，实属整个江城的一大盛事。

"今天，我们还要好好讨论2016年度武汉诗歌节的具体事宜，比如特邀嘉宾、闻一多诗歌奖的评委等等细节。"谢克强将问题抛向在座的各位。

"去年我们邀请了舒婷，今年能不能邀请北岛、席慕蓉等诗人过来参加呢？你们先发个邀请函给各个当代有影响力的诗人，看他们什么时候有档期。"阎志说着自己想法的同时也给编辑布置了工作。

"还有闻一多诗歌奖的评委呢？我整理了从2009—2015年的评委名单，罗列了每个诗人当选评委的次数，看看还有哪些人比较合适，使闻一多诗歌奖更加公平公正。"谢克强提议道。

"这是一个很好的提议，更加开放，让更多的人参与进来。"车延高表示赞同。

"今年我们要有点创新，往年的投票会有两轮，今年第二轮投票结果先不公布，投票之后就封箱，等到颁奖当天再开箱揭晓。"阎志说道。

"那让每个评委在投票的时候，都必须写上投票的原因、评语，这样也可以作为颁奖词在颁奖现场宣读，多有意思啊！"车延高兴奋地说道。

"我们还可以邀请英国、美国、法国、韩国、新加坡等国家的著名诗人过来，进行一次世界诗歌的对话。"阎志继续说。

"那我们还是要保留'诗人面对面'这个环节，这是把诗歌带给所有人的很好的方式呢！"谢克强说道。

你一言，我一语，武汉诗歌节的轮廓渐渐清晰起来，相信这次的诗歌节一定会给江城带来不一样的诗意。

编前会结束时，夜已深。刚刚看到手机上又发来了暴雨红色预警，未来几天又有新一轮暴雨来袭，愿灾区的人们一切安好！